陳奎元◎著

中国社会科学出版社

圖書在版編目(CIP)數據

心聲集/陳奎元著.—北京：中國社會科學出版社，2013.2
ISBN 978-7-5161-2041-5
Ⅰ.①心…　Ⅱ.①陳…　Ⅲ.①詩詞—作品集—中國—當代
Ⅳ.①I227

中國版本圖書館 CIP 數據核字(2013)第 002228 號

出 版 人　趙劍英
責任編輯　郭曉鴻
責任校對　王蘭馨
責任印制　戴　寬
出　　版　中國社會科學出版社
社　　址　北京鼓樓西大街甲 158 號　(郵編 100720)
網　　址　http://www.csspw.cn
　　　　　中文域名：中國社科網　010-64070619
發 行 部　010-84083685
門 市 部　010-84029450
經　　銷　新華書店及其他書店
印刷裝訂　環球印刷(北京)有限公司
版　　次　2013 年 2 月第 1 版
印　　次　2013 年 2 月第 1 次印刷
開　　本　710×1000　1/16
印　　張　12.75
定　　價　38.00 元

前言

這本詩集，大多是我近些年來讀書工作偶有心得之作。以古體詩詞的形式寫作，自然應當力求符合格律，但由於自身功力不及，無意妄求精到，着力點在達意而已，故名之為心聲集。

中國詩詞精妙無倫，終生研習猶難至於佳境。『嚶其鳴矣，求其友聲』，願與愛好詩詞、關心國事的朋友同志共勉。

陳奎元

壬辰年冬月

目录

盛世

盛世難逢數代傳
高墻月過中宵寒
隨俗就勢常人事
守道不移君子難
奮勇直前狹路短

平心靜氣坦途寬
前程休咎莫空論
只要穩操方向盤

讀書偶得

前師後事待分剖
百歲身經幾改朝
歷史昭然周期率
成由果敢敗驕嬌

天荒地老神鴉散
鶴唳風聲霸業銷
李廣無功莫抱恨
千秋太史筆如刀

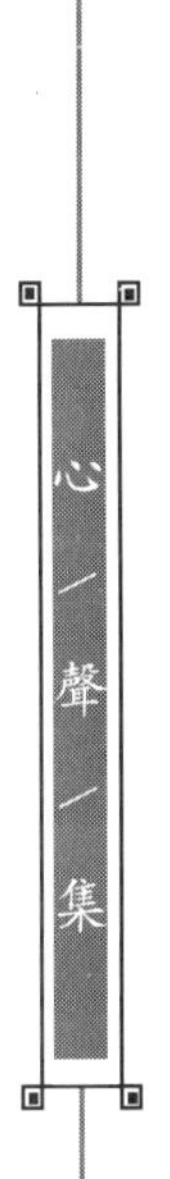

故宮

（一）

宮墻御柳秋水沉
紫禁城頭論古今
百代興衰君莫笑
拆臺便是築廟人

（二）

殿宇琉璃耀眼明
皇朝氣數斷堅城
游人脚下斑斕地
似見當年鐵甲行

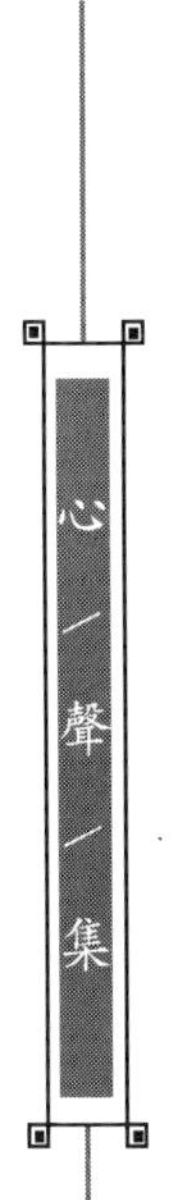

說禪

說禪論易漸成風
巧語輕博喝彩聲
受衆誠惶求指引
先生打趣歪解經

讀書未可淺嘗止
悟道尤須一脉通
眼底東山明月上
擡頭便是滿天星

讀書感悟

大國小鮮烹一杓①
前賢善把衆味調
秋霜染遍楓林葉
冷月照徹灞陵橋

① 老子《道德經》六十：治大國若烹小鮮。三國魏劉邵《人物志》：「一國之政，以無味和五味……王化之政，宜于統大，以之治小則迂。」

道法自然尊老子
責無旁貸問吾曹
儻得赤誠方寸地
管他東西風蕭蕭

拉薩尼木地震①

地迴天高村落疏
風疾水冷秋月初
貧年少雨禾苗短
敗草盤根蔓繞鋤

① 1992年7月30日，農曆壬申年七月初一，伏案批覽文電，忽聞有聲嗚嗚，窗櫺碗盞皆震動作響，知有震情焉。傍晚地震局報發生6.5級地震，震中在尼木縣八一農場。

訊報八廓方撤警
忽覺地動響杯壺
高原板塊多衝撞
審勢度時總自如

高原秋夜

洌洌霜風緊
蕭蕭落葉稀
夢殘嫌夜久
側耳五更鷄

答學友①

岡底陰山萬里遥②
飛書一紙解千焦
同學恰在三年困
壯别適逢改革潮

①接同學來信問候。
②岡底斯山位于西藏中部，拉薩即在其旁；陰山即内蒙古大青山。

往事無咎可回首
前程自信不折腰
肩擔待到休歇日
灑爽同酌酒一瓢

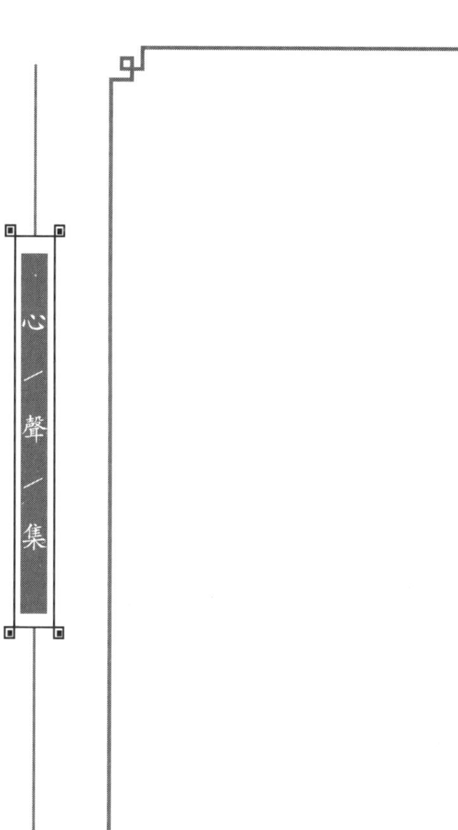

念呼倫貝爾

雲煙過眼逝韶華
伊敏河旁久爲家
歲月峥嶸隨去日
邊關風雪落飛沙

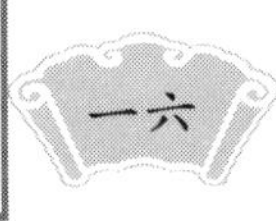

情憐馬背少年影
渴飲穹廬乳香茶
望斷草原三千里
明朝錦上更添花

游東坡赤壁①

天高氣爽正中秋
攬勝尋幽過黃州
向導評説今古事
游人指畫往來舟

① 作于丙子中秋（1996年9月27日）。

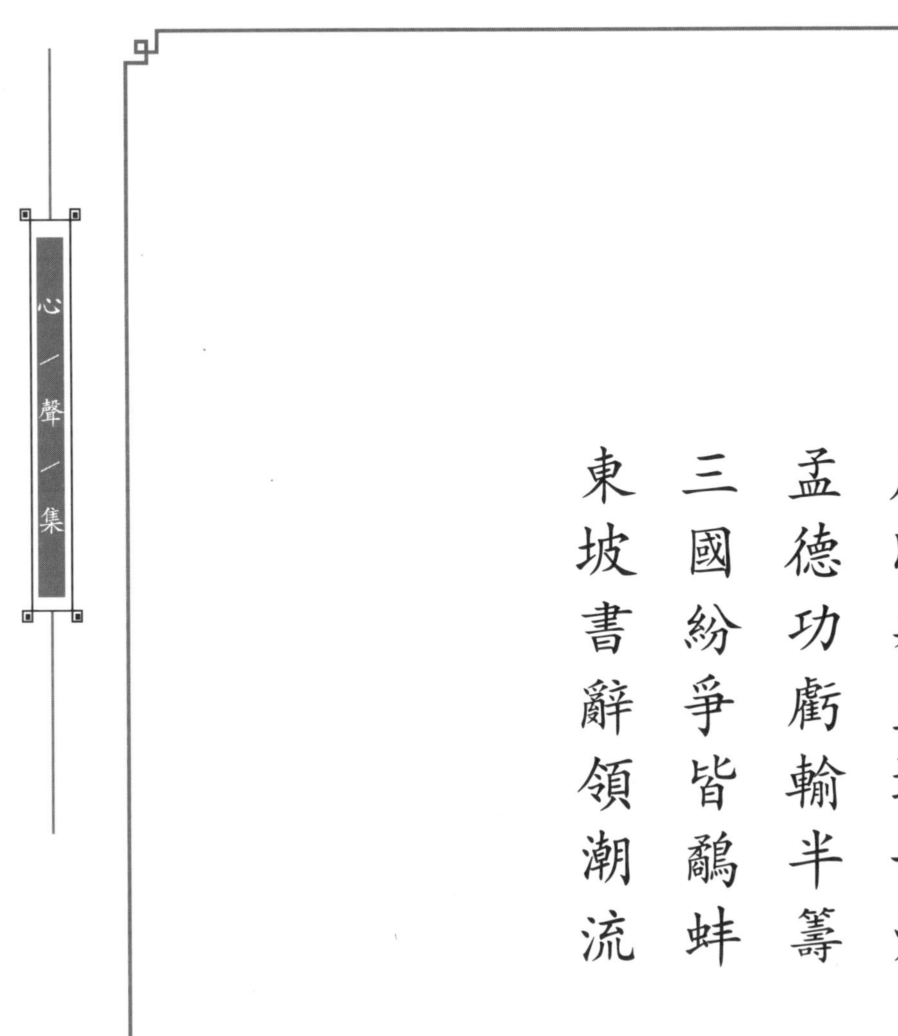

周郎氣盛逞一炬
孟德功虧輸半籌
三國紛爭皆鷸蚌
東坡書辭領潮流

游鄂州吴王宫花園

浩蕩長江下鄂州
東吴故壘漫遨游
周郎虎膽抗敵國
諸葛同心籌遠謀

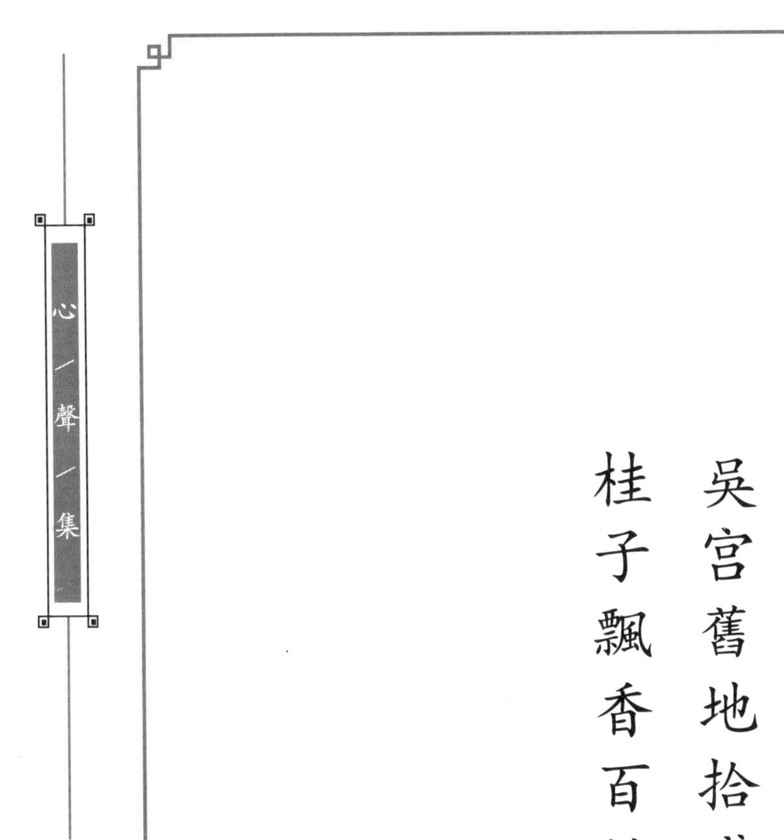

一炬楚天改歷史
三分漢地鼎春秋
吴宫舊地拾殘瓦
桂子飄香百姓樓

山中休養

雨打蕉林草木深
山居自有蟲鳥親
心閑更比身閑好
大睡醒來長精神

雨中赴江油市過竇圌山①

鵲起江油太白狂
竇圌暮雨散清凉
茶餘但得蘭竹伴
不問何時是夕陽

① 竇圌山突兀高聳，爲名勝地。

自綿陽赴劍閣

參天古柏閱千年
舉步金牛路盤旋
若是詩人西入藏
回頭不唱蜀道難

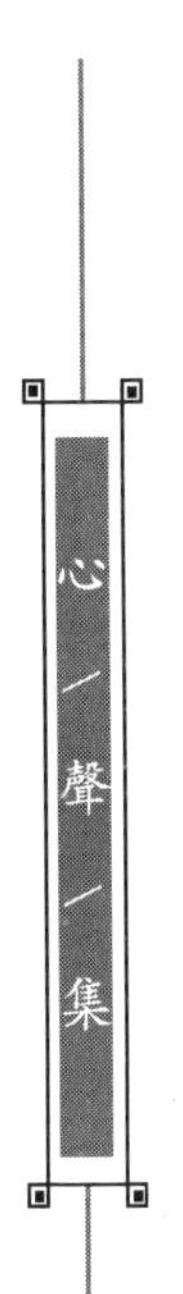

劍閣午飯

劍門雨過野茫茫
古道千年記興亡
小鎮名樓六娃店
全席豆腐好品嘗

謁劍門關姜維廟

策杖偕友詣劍門
金牛古道漫逡巡
狂瀾難挽忠義盡
隻手擎天是偉人①

①姜維有心挽瀾，無力回天。蜀之恃爲人和，人和已去，尚有何説？

訪江油李白故里①

巴蜀山巒一色青
詩仙故里小錦城
檐前未斷芭蕉雨
簾外鷓鴣已數聲

① 友人家在江油——唐朝詩人李白故里，邀我前往，果然山川靈秀。

游綿陽富樂山

前門拒虎引狼來
誑語欺天道「樂哉」①
俯仰隨人終自誤
國門嚴守勿輕開

① 公元211年，益州牧劉璋邀請族弟劉玄德莅綿陽富樂宮，歡宴中劉備曰：「富哉，今日之樂也。」其後不久，劉備以武力奪劉璋地，建立蜀漢。

綿竹雙忠祠①

國事千鈞寄老成
臨危不苟守忠誠
孔明子孫徒拼命
怎奈劉禪氣不爭

① 綿竹中學校園門前有兩墓並存，傳爲諸葛亮子諸葛瞻、孫諸葛尚之墓，二人死戰綿竹，劉禪降曹，「樂不思蜀」。

燭影搖紅

北國春回
小園暫作休歇處
喚回初雨化寒冰
綠上堂前樹
回望荒沙邊草

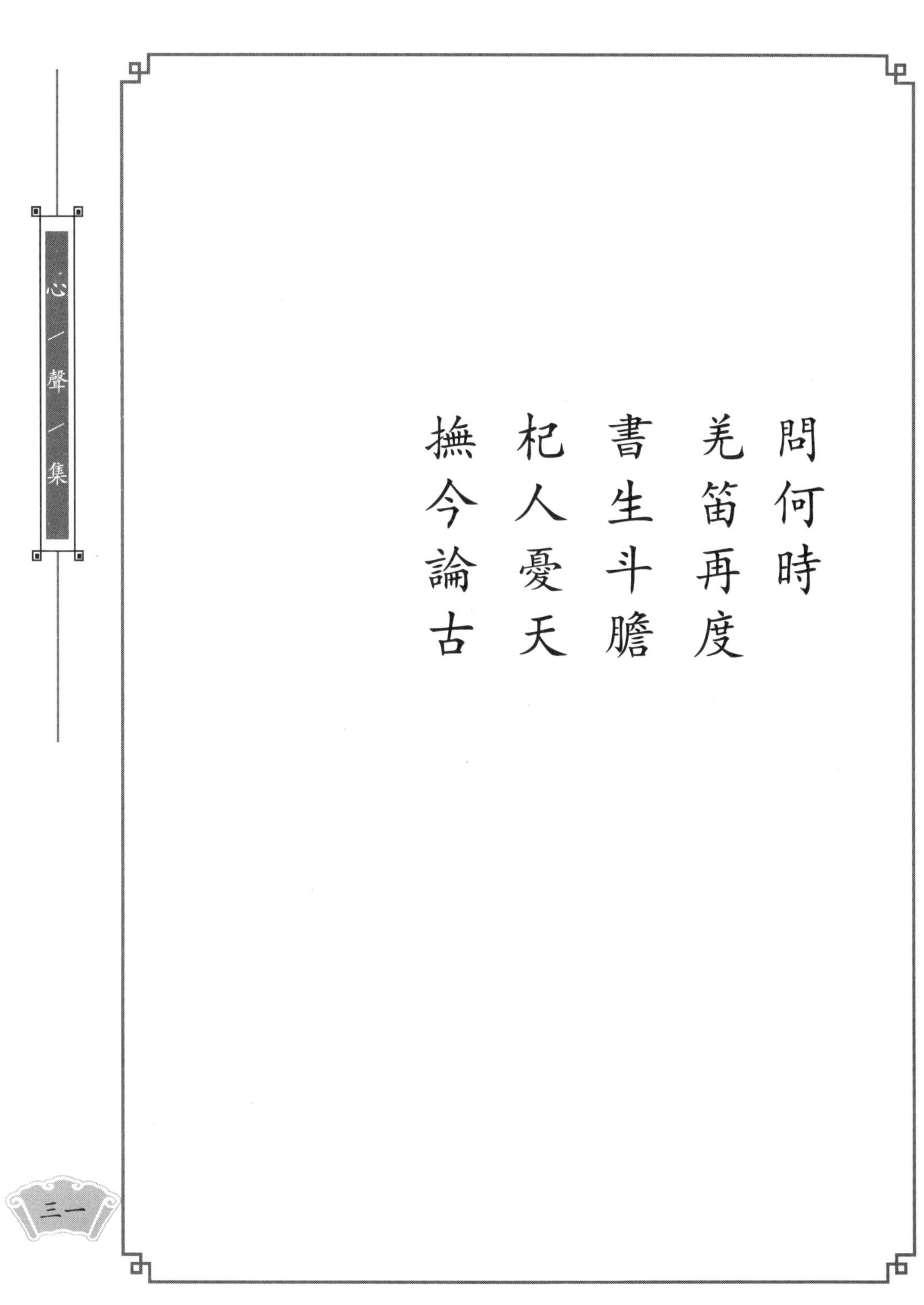

問何時
羌笛再度
書生斗膽
杞人憂天
撫今論古

回首平生
紅旗引上光明路
今朝求索望陽關
遮障無重數
望斷晴空霄壤
遍天涯

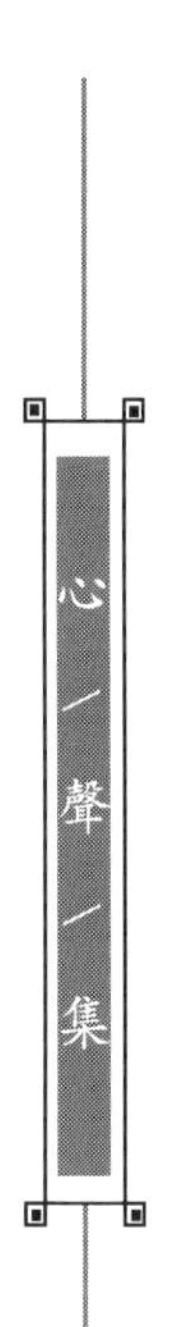

花開何處
一天寒日
幾番霜雪
丹心如故

庚辰年四月廿二
2000年5月25日

中原行

中原逐鹿史鈎沉
斷壁殘碑覓舊痕
戰火千遭焦社稷
文字百代出小屯①

① 殷墟小屯，是最早發現甲骨文的地方，19世紀末以來共發現15萬片以上，4000多個單字。

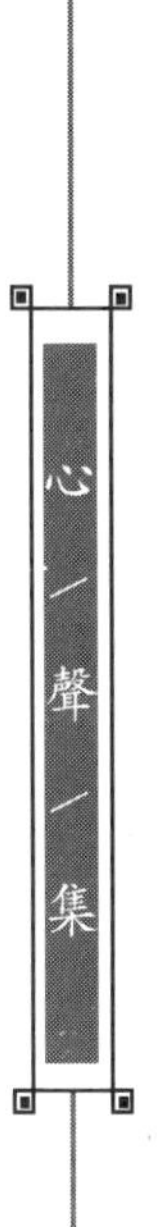

閑言樂道河南段
泥沙俱下浪底渾
河洛文明傳千古
復興自有好兒孫

述懷

慎己寬人淡虛名
陽關大道徑直行
分明義利知擇舍
半夜敲門心不驚

基層幹部

親民不是口頭禪
下到基層百事纏
天意由來難測問
千夫所指費周旋

臺階未得排雲上
下里頻呼解倒懸
禍福憂戚同趨避
莫將重棍打小官

文山會海雜咏

（二）

弊政頹風必省察
文山會海勢難拔
迎來送往無暇日
晚宴方歇進早茶

（二）

文風訾議漫天來
局面豈由空話開
憂患不隨黃花去
興邦喪邦由秀才

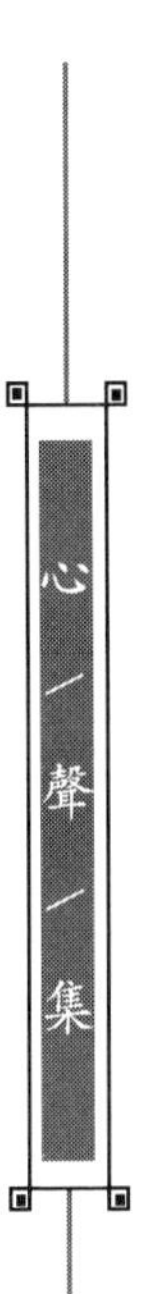

（三）

集會習成打坐功
他人意見耐心聽
難堪最是誇成就
猶似芝麻節節昇

座談會行狀

昏昏睡眼已惺忪
臺上發言臺下懵
大論滔滔長貫耳
和尚道士一本經

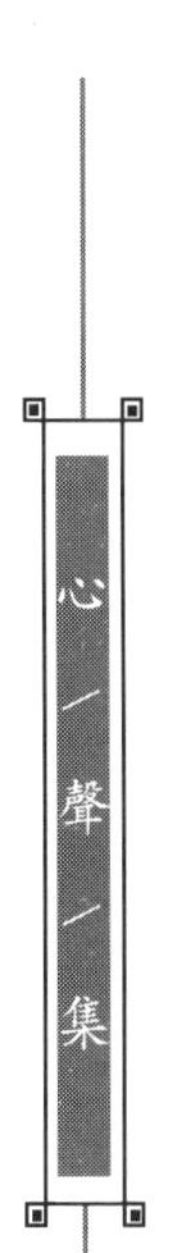

琢石

頑石璞玉須分剖
品相高低任琢雕
質素區別緣根本
形容肖似同漉淘

黑白棋子等權重
聖手開局勢便高
一箭中的透百步
强逾叢脞過千招

看周易「謙卦」象辭

山居地下根基牢①
易象釋文似快刀
道濟盈虧平施物②
鳴謙君子不徒勞③

①《周易》第十五卦爲謙卦，卦象上坤下艮，此卦六爻皆吉。
②象辭釋本卦之辭曰：「地中有山，謙，君子以多益寡，稱物平施」。
③該卦六二、上六兩爻辭皆爲「鳴謙」，謂君子謙名在外。

學追正道一帆順
心繫平民節節高
難得赤誠留晚節
梅村垂死念鴻毛①

① 吴梅村晚節不終，名列貳臣傳，悔恨無及。臨終作絶命詩：「忍死偷生廿載餘，而今罪孽怎消除，受恩欠債須填補，縱比鴻毛也不如。」

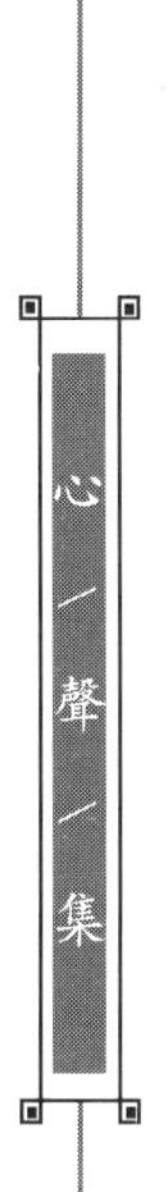

燭影摇紅

喚醒春暉
歸來鶯燕知門户
碧雲芳草喜東風
更沐酥酥雨
依舊前年楊柳
更幾多

新枝綻緑
縈懷念遠
望中猶是
夕陽南浦
老趣無多
晚風朝露來中去

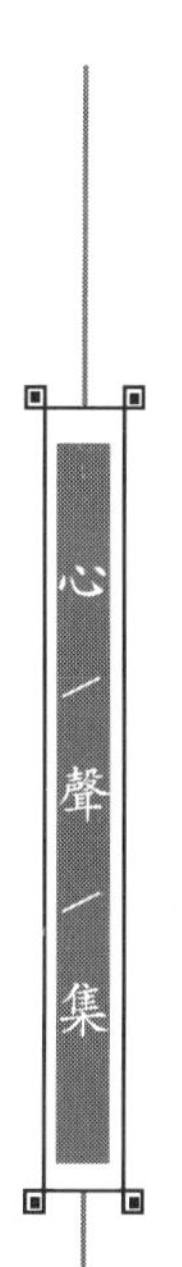

逸興閑情知何處
往事隨塵土
一覽殘棋在目
更餘年
閑裝老路
堅竹勁節

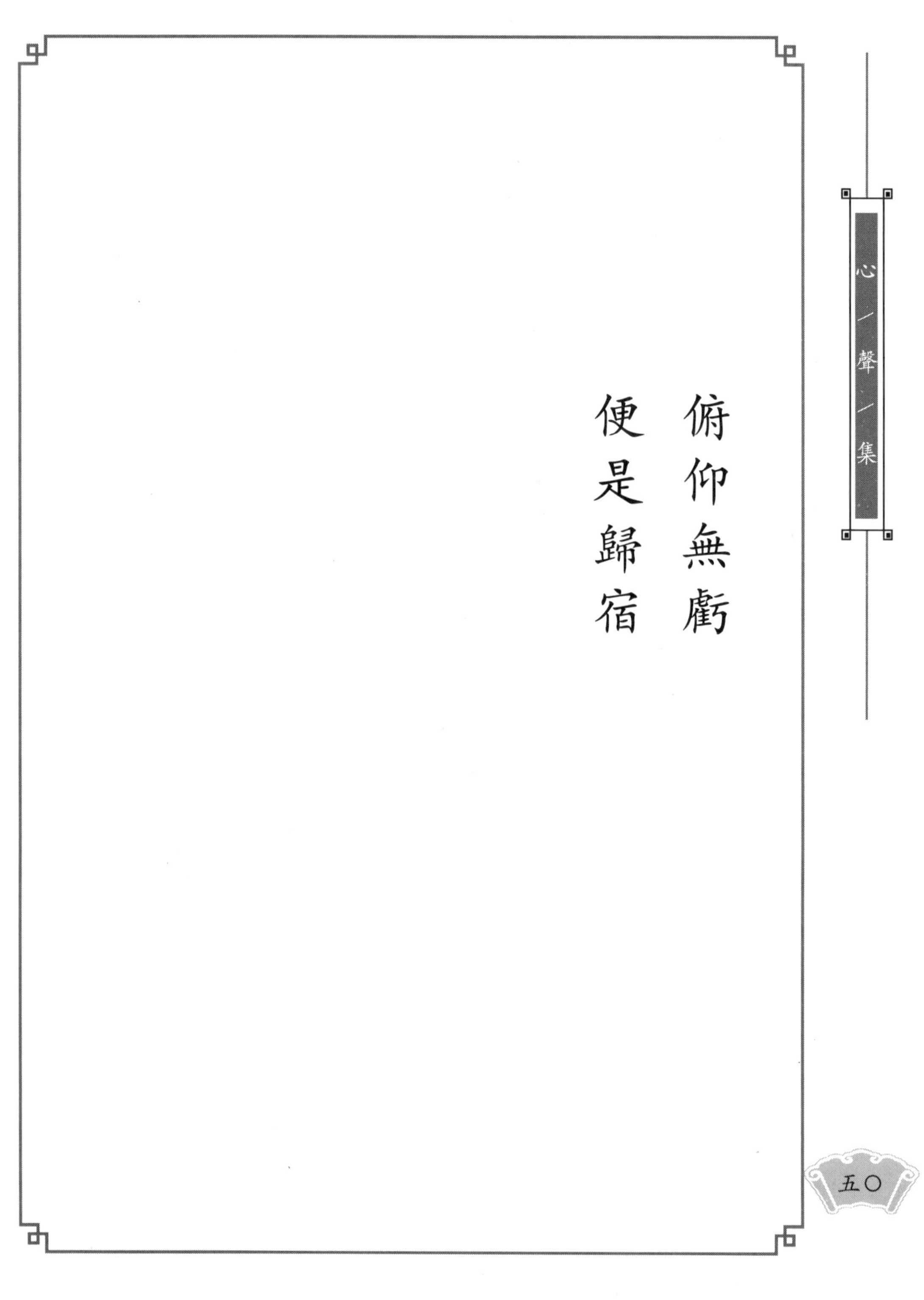

俯仰無虧

便是歸宿

風情

日下風情少樸拙
鶯歌燕舞伴戲説
官場政績常摻假
酬唱無時上酒桌

再訪疊香溪山莊

環山越嶺路崎嶇
散落人家稻滿畦
竹木爭强千尺茂
鶯鸝鬥巧百聲啼

頑童戲耍青蛙跳
川妹赤足過小溪
領悟天然真趣味
誰言七秩古來稀

讀史書感懷

内憂外患史未遥
革命成功改舊朝
百戰拓開新世界
前驅一代皆英豪

守成任重風多逆
民意常涌勢如潮
讀史驚訝隋煬帝
也知桀紂與舜堯①

①《貞觀政要》記唐太宗與群臣言論，多次説到隋煬帝。謂侍臣曰：「朕觀煬帝文辭奥博，亦知是堯舜而非桀紂，然行事何其反也。」貞觀十一年（637年），特進魏徵上疏曰：「昔在有隋，統一寰宇，甲兵强鋭，三十餘年，風行萬里，威動殊俗，一旦舉而弃之，盡爲他人之有。彼煬帝豈惡天下之治安，不欲社稷之長久，故行桀虐，以就滅亡哉？」

讀史

刀俎魚肉百年衰
人民革命路新開
江山漫道根基淺
大樹原由衆手栽

爲政當思舟下水①
勃焉忽焉不妄來②
前朝未遠蔣家黨
海島應非子陵臺③

① 《荀子 · 王制》水則載舟，水則覆舟。
② 《左傳》臧文仲告魯君曰：「禹湯罪己，其興也勃焉，桀紂罪人，其亡也忽焉。」
③ 東漢隱士嚴子陵隱居釣魚處。

拜謁井岡山

（一）

崇高理想越百年
踏上井岡更豁然
草木無私染碧血

英雄有種換新天
頭斷烈士已千古
賬欠人民幾代還
後輩應非八旗子
紅旗仰望尚鮮妍

（二）

滿目山川盡翠微
搖籃故事動心扉
長空夜雨忠魂烈
戰地黃花勇士暉
領袖憂民氣衝斗

工農舍己血橫飛
前賢若知玷污語
面唾輕薄論是非①

① 屢見書刊惡貶毛澤東等革命領袖，詆毀新民主主義革命，美化朽爛不堪之末世清朝，鷄飛狗跳之民國軍閥混戰，醜化社會主義中國，是非安在哉？

觀看《居安思危》影片思蘇共悲劇

真假馬列必區分

唯物史觀驗正身

自由民主非泛泛

工農解放理一門
科學信仰隨風去
外道思潮攪水渾
百戰當先革命黨
一朝階下作罪人

蘇聯東歐改旗易幟二十年隨想

人民大衆非斗筲
革命成功改舊巢
拼灑江山千鍾血
留神主義被掉包

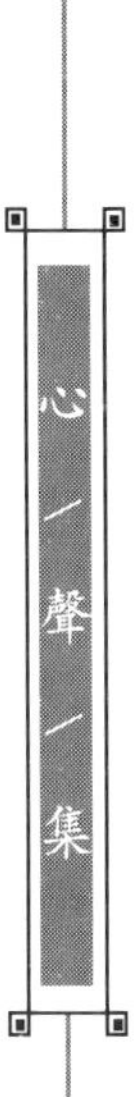

和平演變招招緊
政策紛更細細敲
義利混淆綱常亂
遑論理想打水漂

思源

禍亂神州又犬戎
工農奮起挽強弓
江山再造新中國
理想常存致大公

飲水思源莫忘本
東君不借西來風①
前車可鑒國民黨
望斷金陵舊夢中

①東君：司春之神。

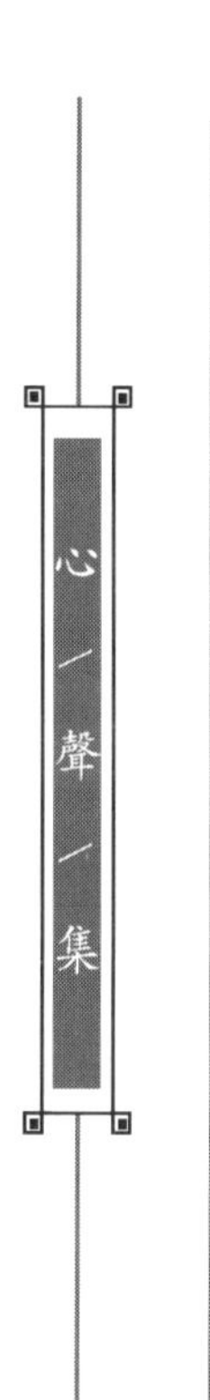

學習中國特色社會主義理論

時代標新抹舊痕
實事求是守靈魂
傳承不忘遞薪火
改革應察水清渾

本質初衷謀共富
權益未許廣朱門
心爲民繫篇篇講
解困尤須遍山村

悼一代巨人錢學森

巨星殞落舉國哀
偉業風華共緬懷
譽享環球真泰斗
學通三界曠世才

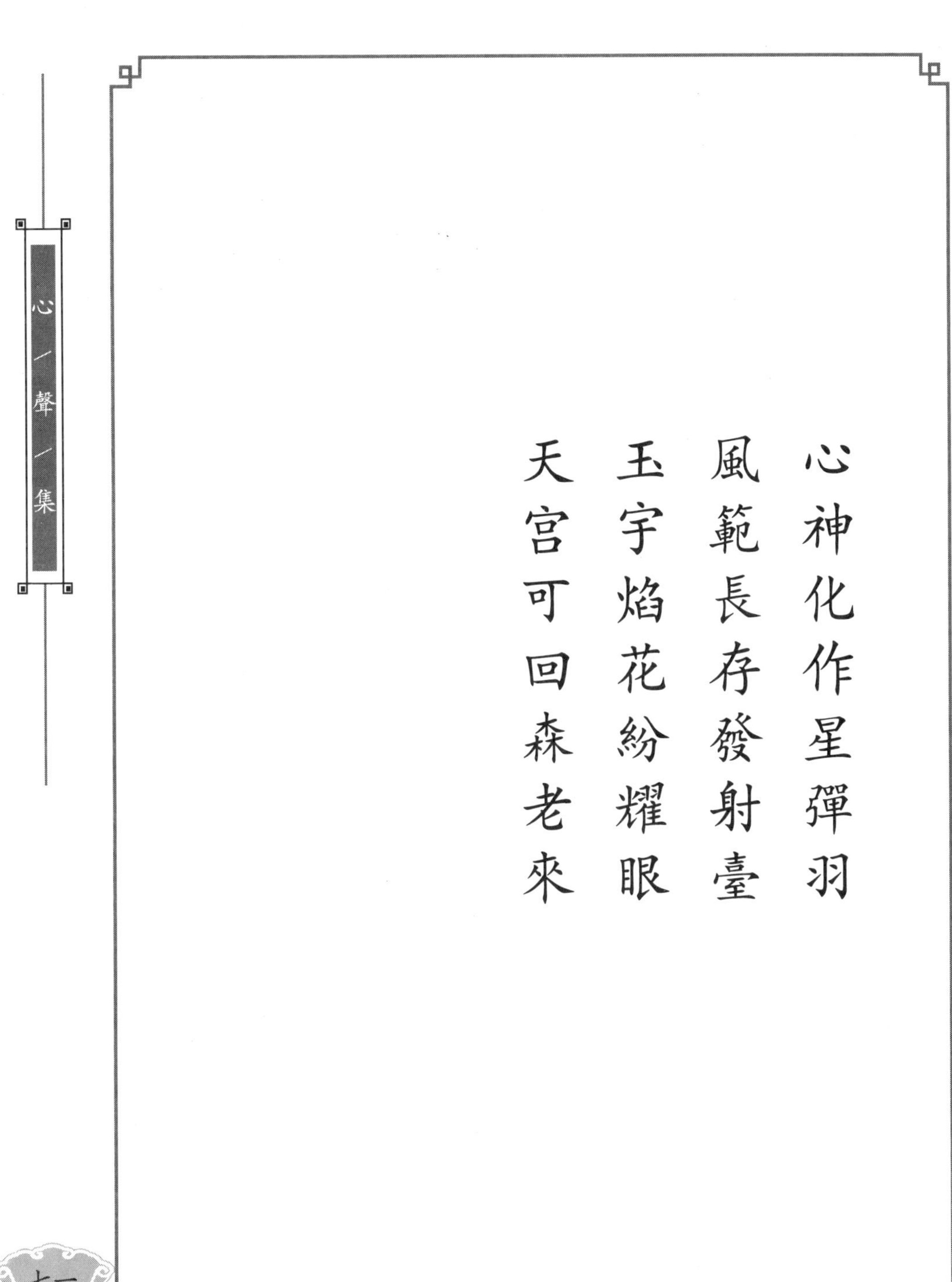

心神化作星彈羽
風範長存發射臺
玉宇焰花紛耀眼
天宮可回森老來

明理

包裝理論舊亦新
主意常削弱勢群
金口半開值萬貫
明堂一策逾千鈞

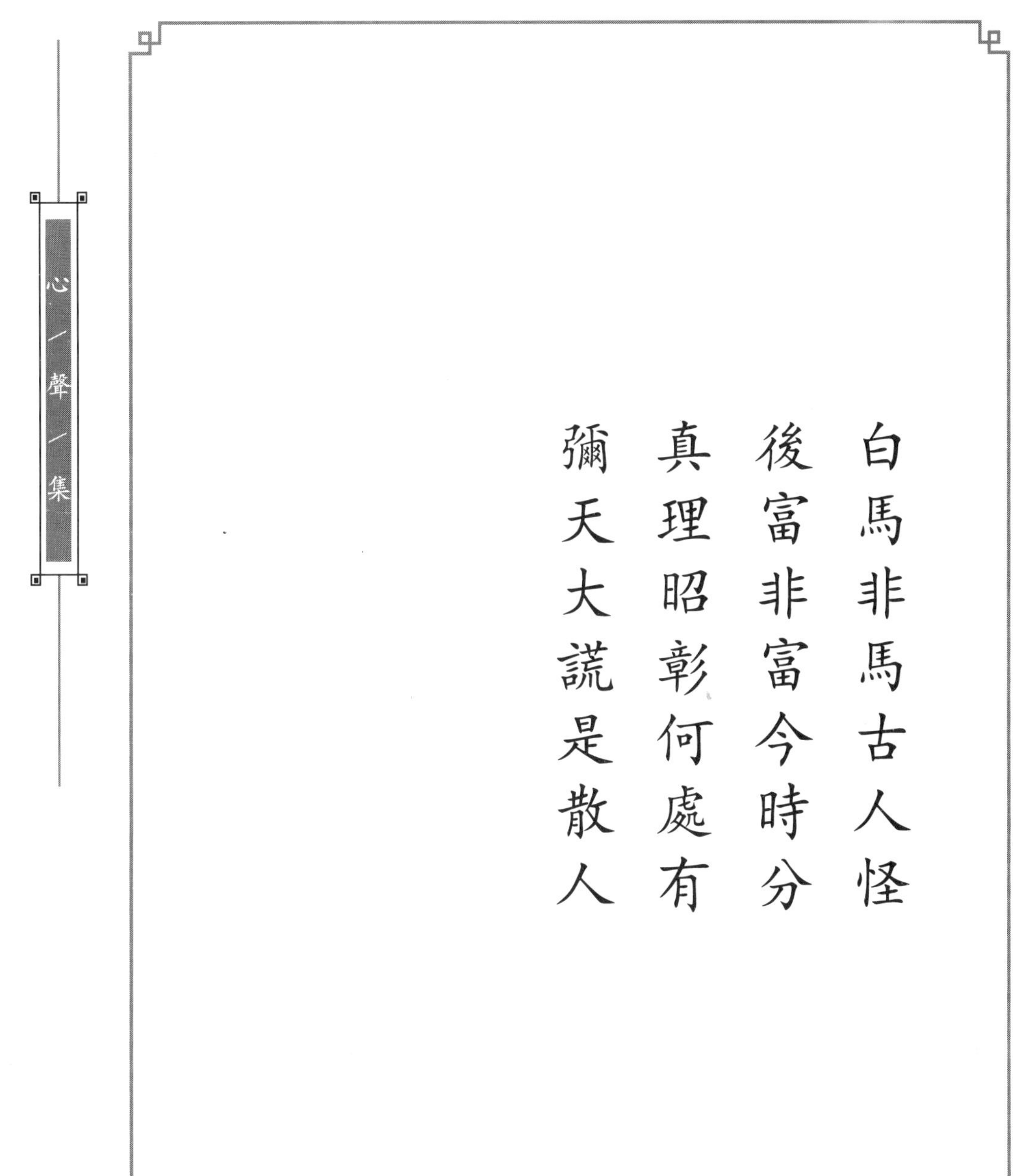

白馬非馬古人怪
後富非富今時分
真理昭彰何處有
彌天大謊是散人

聞某學長退休感言

探索求實半世勞
書生報國守信條
自强不息君子健
載物甘當大衆橋

位列偏席言猶勁
心懷正道眼如鵰
留得赤誠一片色
西風聒耳正蕭蕭

戰國百家爭鳴

百家諸子論滔滔
縱橫捭闔理分剖
儒法門徒頷頭爛①
誰識大腕是趙高②

①儒法門徒者，明門正派也。
②趙高不學有術，指鹿爲馬，明門正派不能斥其非，哀哉！

論壇雜談

（二）

美言悅耳危言瞋
必向源頭辨假真
旗落克宮一夜事①
咸魚再世不翻身

① 前蘇聯紅旗落地，蘇共解散，國家分崩。由超級大國一路下墜，雖屢逢機遇仍不得崛起，其教訓不可謂不深也。

（二）

口號雜出字句新，
名家下手便卓倫。
文章漸改當年語，
疑似宅門換主人。

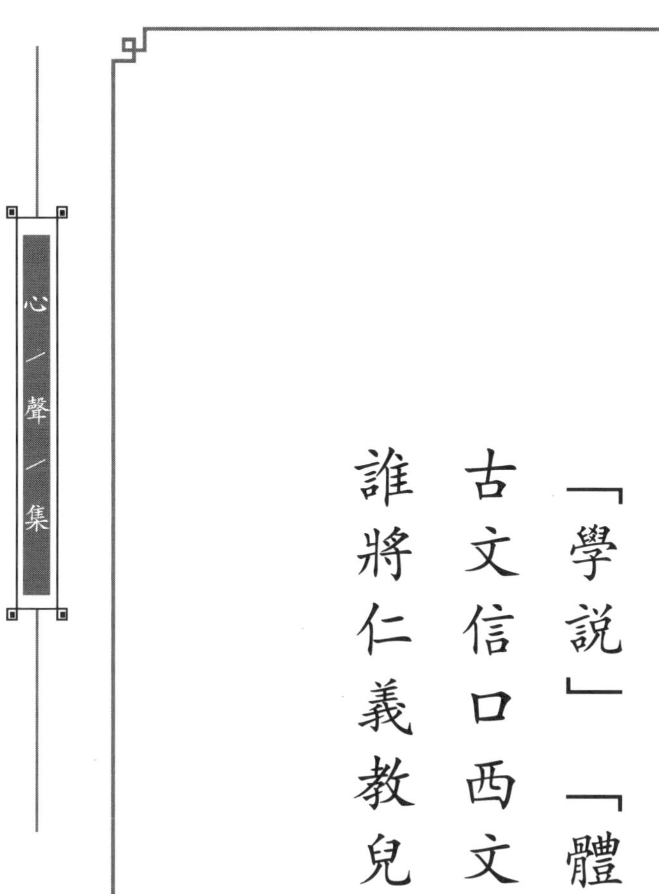

（三）

立异標新競相高

「學説」「體系」涌如潮

古文信口西文濫

誰將仁義教兒曹

（四）

瓦釜雷鳴過黃鐘
嗟來物事半殘羹
斯文倒著冠蓋濫
「上座」誰人抱真經①

①上座，印度佛教部派伊始，居于上位的諸長老秉持傳統，被稱作上座部。此處借用，泛指名人。

（五）

宏論紛紛不次來
民情國是敢編排
翻手爲雲覆手雨
大衆焉得茅塞開

呼倫貝爾行

山川依舊莽蒼蒼
觸景難抑喜氣揚
燕雀偏知舊宅好
黃花道是昨日香

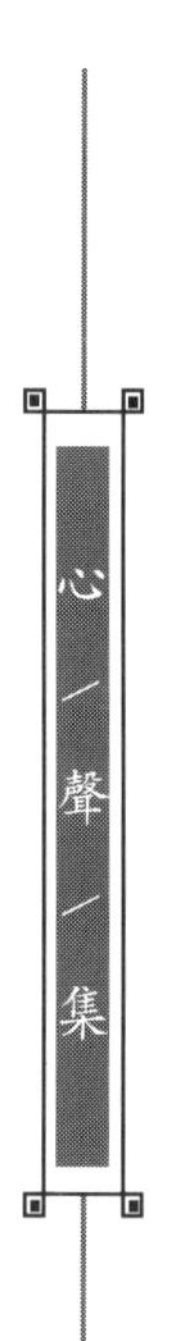

情真自有心腸熱
人走何憂茶水涼
老驥無須多伏櫪
來時不比去日長

鄂温克草原

藍天碧澈遠山高
水滿河湖草没腰
帳房氈白夏營滿
牛羊食飽長秋膘

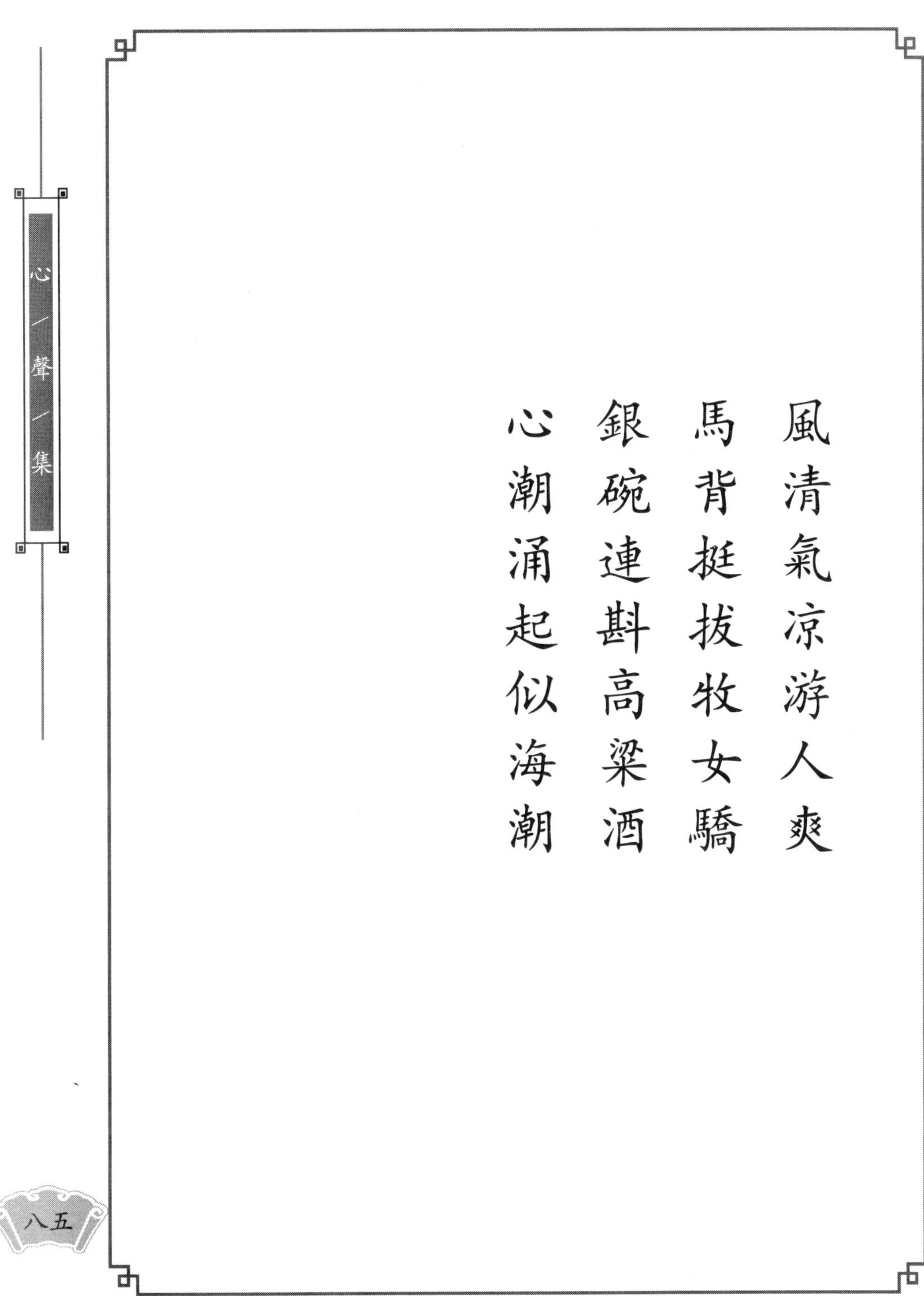

風清氣涼游人爽
馬背挺拔牧女驕
銀碗連斟高粱酒
心潮涌起似海潮

重踏呼倫貝爾感懷①

一帆駛過四十年
往事難追過眼煙
世路早知千萬險
春風幸有幾回緣

① 2004年8月重回呼倫貝爾，其時恰是四十年前(1964年8月)首踏之期，感焉。

低檐不矮違心少
觔斗連翻棱未圓
老馬銜環思報主①
夕陽故道不改絃

①古之人以結草銜環喻報恩之意。共產黨對勞動人民亦應如是。

回海拉爾

二十六載根基地①
萬里飄蓬總繫心
鄭重一席招老友
久别更比往時親

①吾自1964年大學畢業，分配至呼倫貝爾盟委黨校工作，至1989年底調離，歷時26年。

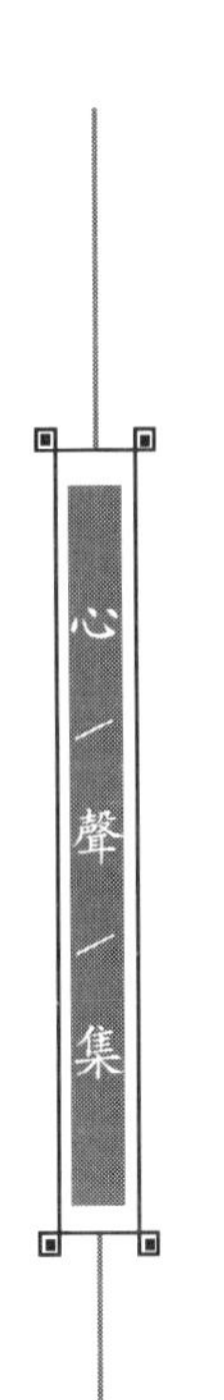

歡言不論新奇事
張目觀察眼角紋
聚會儼然白頭黨
共勉開明照後人

重回巴爾虎草原①

來時年少事不更
世海游移根底輕
歲有風霜四季變
人非草木一世清

① 2004年8月3日自海拉爾赴新巴爾虎左旗（東旗），參加那達慕大會，4日至新巴爾虎右旗（西旗），5日至滿洲里，7日抵陳巴爾虎旗。

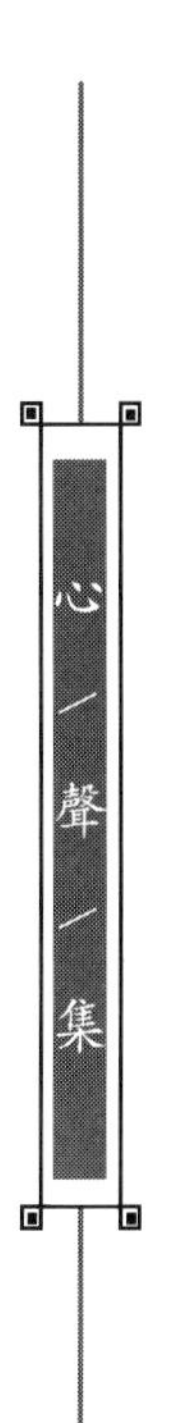

縈懷不在艱難事
記憶常關友誼情
更愛草原巴爾虎
白雲碧水吐真誠

夏日草原訪故

草原夏季最銷魂
遠處歸來覓舊痕
幸喜接風皆戰友
相逢不似爛柯人

鷓鴣天·黨組班子調整有感

共話同堂歷有年
離情別緒不待言
同工异曲尋常事
傾蓋如故是宿緣

人氣正
月恒圓
桑榆佳境得清閑
秋風颯爽吹紅葉
更引菊香到尊前

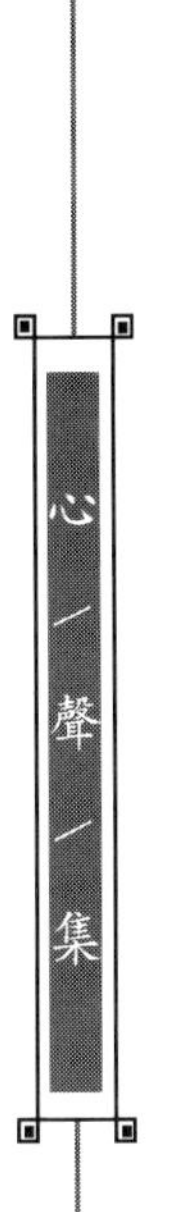

桂殿秋·研討會行狀

（一）

新高度

里程碑

一家拔高大家吹

層出不盡新符號

何如良謀解燃眉

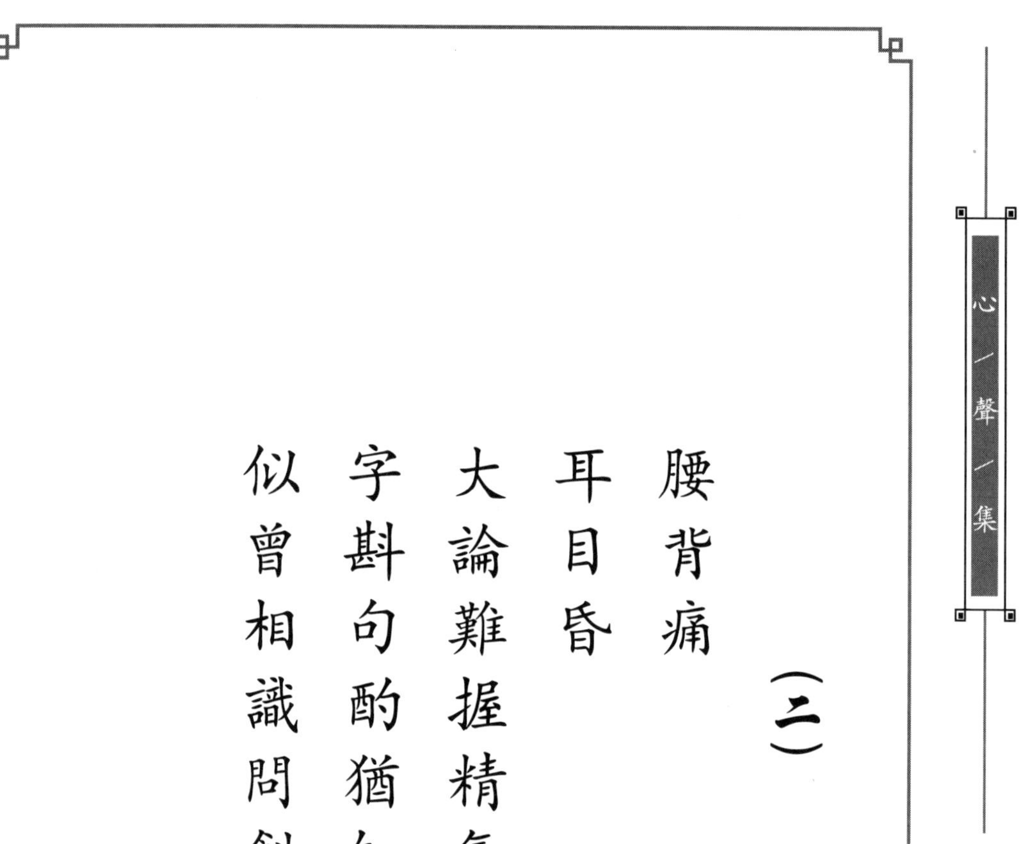

（二）

腰背痛
耳目昏
大論難握精氣神
字斟句酌猶知淺
似曾相識問創新

搗練子·調研

循陋巷

到民宅

聲淚隨情娓娓來

大愛何須常在口

不如善政早出臺

夜行船·世界一覽

誰信全球一體
富與貧
共享紅利
耳聽金口吐公平
看場上
幾家游戲

遥念中東蕭瑟地
人何罪
命如螻蟻
漫道西天好光景
脱凡胎
便登仙籍

聞拉薩「三·一四」鬧事

高原雪域復何求
守土强邊費運籌
蚍蜉無知枉撼樹
人民有眼水浮舟

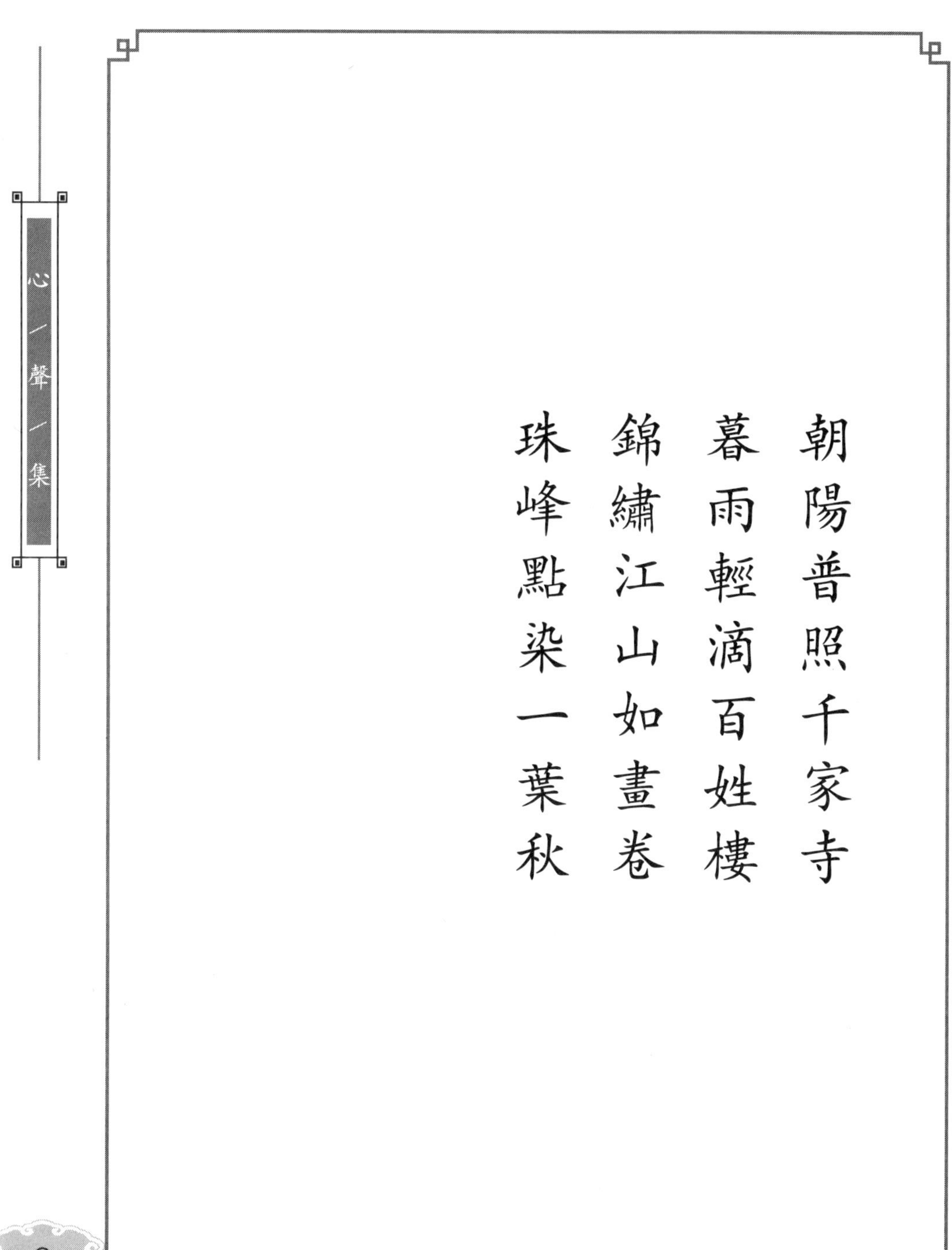

朝陽普照千家寺
暮雨輕滴百姓樓
錦繡江山如畫卷
珠峰點染一葉秋

聞喇嘛自焚①

智果修行必用功
嚴持戒律方爲僧
禪林境在三界外
政教混淆五濁中

①感念佛教興替，必由僧徒自取，末法之世，猶爲甚焉。

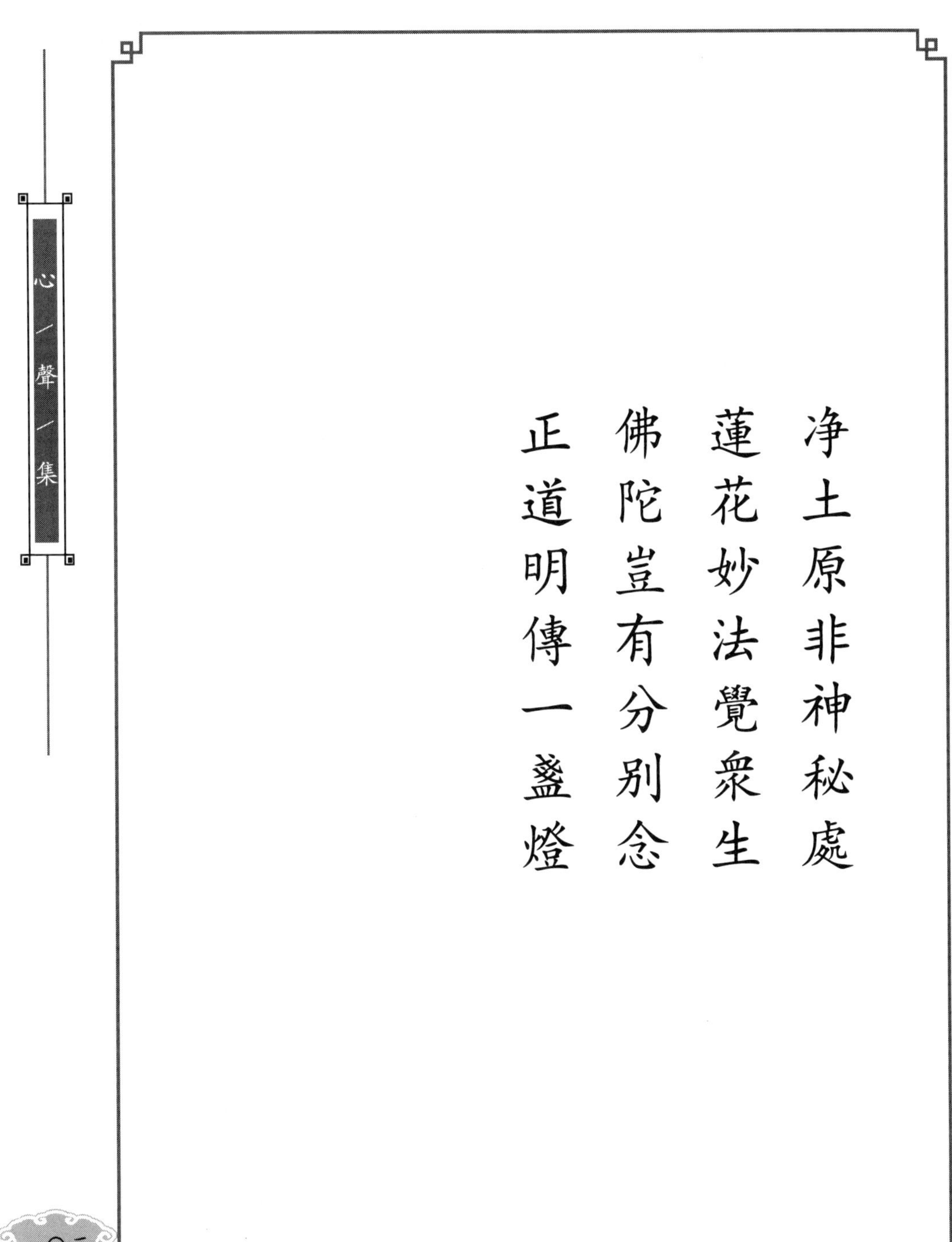

净土原非神秘處
蓮花妙法覺衆生
佛陀豈有分别念
正道明傳一盞燈

夢江南·寺廟四則

（一）

身入寺
遵戒守僧規
痴慢貪嗔皆不染①

①佛教術語三毒——貪嗔痴，是一切煩惱的根本。

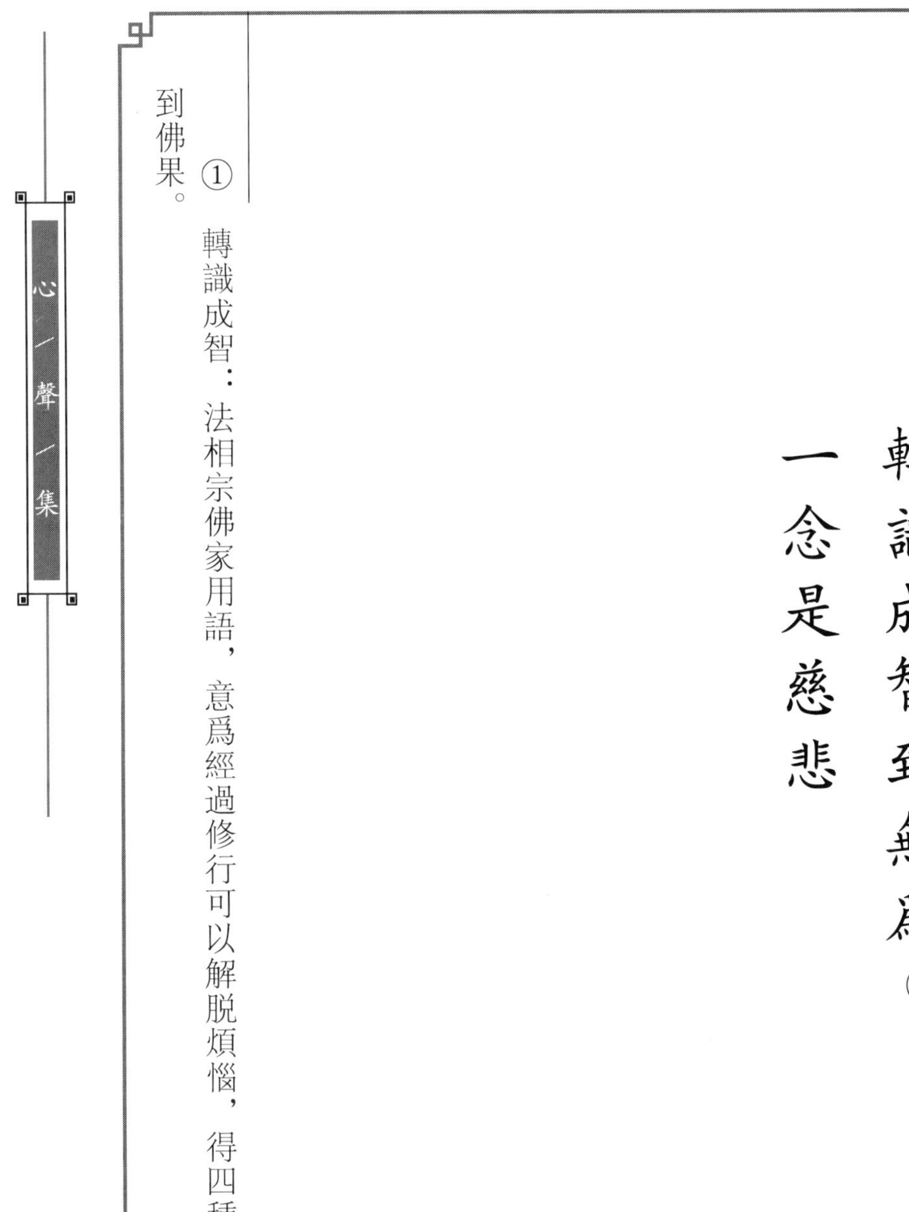

轉識成智到無爲①
一念是慈悲

① 轉識成智：法相宗佛家用語，意爲經過修行可以解脱煩惱，得四種智慧，達到佛果。

（二）

弘佛法

經典苦酌研

三藏宏博深似海

菩提明鏡智融圓

無愧祖師傳

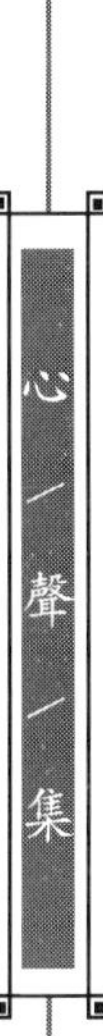

（三）

佛家子
行藏必坦然
蓮出淤泥不污染
佛門俗世善結緣
知法作模範

（四）

平心論

修道得幾分

莫教纏縛迷自性

回頭言報四重恩①

光彩耀佛門

邇來有宗教搭臺、經濟發展唱戲之説，寺廟棟宇光鮮，游人如織，清淨之地頓作贏利之所，更有戒律廢弛、聚集鬧事、有恃無恐者。佛教講因果，寺廟僧衆自當信守焉。

① 《心地觀經》謂四恩：一、父母恩，二、衆生恩，三、國王恩，四、三寶恩。

讀清史傳清、拉布敦事略①

歷史悲歡去若存
前朝後世理同根
邊疆不是逍遥地
萬卷書詩濺血痕②

① 傳清、拉布敦爲駐藏正副大臣，在拉薩以身殉國。
② 駐藏大臣及其僚屬、後人多有「泣血」之作。

政治無私宣大義
言無虛發守自尊
朝堂慎點生花筆
萃取真知遺子孫

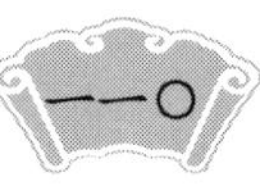

水調歌頭·高原憶往

平野遍秋色
池水動微瀾
蕭條墻外楊柳
雲破曉星寒
幾度峥嶸年月
披瀝平生肝膽

一往便無前
冷眼數螃蟹
幾個逞刁蠻

念人民
沉舊弊
望新篇

凡夫俗子
携手同上大乘船①
可笑陰風魅影
蕭瑟神鴉社鼓
末路已奄奄

① 佛教有小乘大乘之分，小乘求自覺，大乘覺衆生。比喻當今社會，大乘即是共同富裕之道。

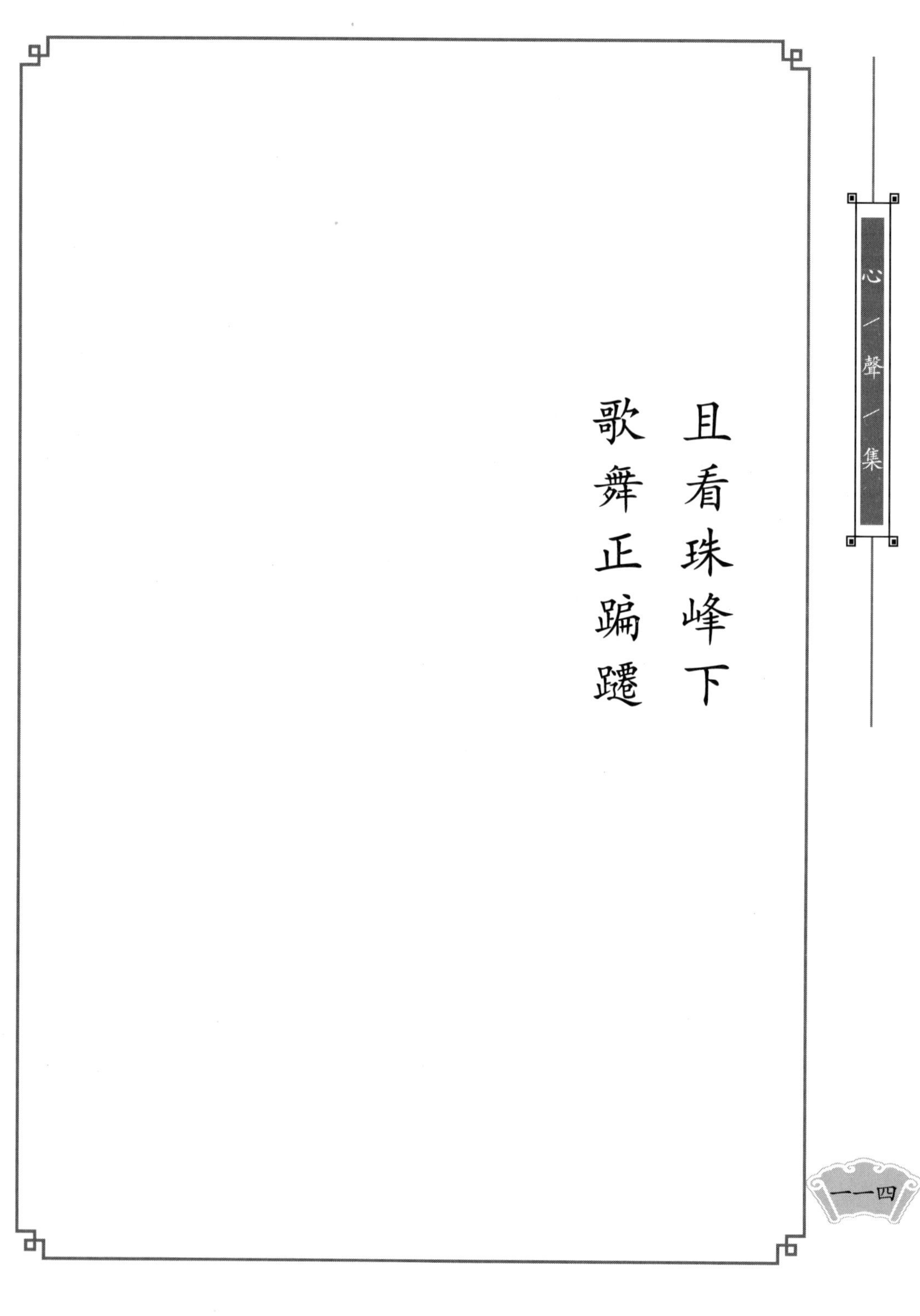

且看珠峰下
歌舞正蹁躚

國慶節宿栗林山莊

密雲不雨古人言①
築壩攔蓄水一灣
嶺峻人稀關塞險
城長路陡手足攀

①《周易》小畜卦，卦辭曰：密雲不雨，自我西郊。

禦敵舊壘宛然在
百戰英豪去不還
後輩登高應念遠
前人汗血滿關山

奉上楊絳先生

(一)

尊前幾度沐清風
驚詫先生筆札工
不羨溪邊春草緑
經霜松柏更葱葱

（二）

歲歲傾心謁慈顏
大德出口便超凡
菩提悟徹心無住
此岸淨土皆隨緣

中東北非雜議①

賢哲濟濟匯一堂
國是民生議短長
利益常追炙手熱
民風不覺通心涼

① 2011年2月26日政協第十一屆全國委員會常務委員會第十二次會議召開，正當中東、北非動蕩之時，該月中旬埃及、突尼斯、利比亞、巴林等國動亂，突尼斯、埃及總統下臺。

津津樂道全球化
干涉隨意霸主狂
自謂錢多可役鬼
中東幾家指日亡

渭南臨洮長城

往事悠悠夜夢長
殘闕故壘記興亡
長城自有千秋義
不教兒孫忘自强

武威紀行

地闊天高一望收
白雲舒卷柳蔭稠
飛燕馬踏匈奴遠
先老消落張駿憂①

① 東晋成帝咸康元年（公元335年），凉州首領張駿上疏請求北伐，曰：「先老消落，後生不識，慕戀之心，日遠日忘。」《資治通鑒》卷九十五。

百載刀兵無幸壘
一幢塔影罩涼州
闊端大略兼文武
衛藏欣然濟同舟①

① 公元1246年，西藏薩迦派法王薩班·貢嘎堅贊到涼州（今武威）謁見蒙古王子闊端，達成歸附協議。

張掖古長城

祁連迤邐望燕焉
古道雄關憶舊年
衛霍揮旌添虎翼
匈奴撤幕斷弓弦

兵家百戰無恒勇
黎庶思鄉望月圓
漢武不識趙充國①
荒蕪張掖萬頃田

①　漢武帝開拓邊疆，桑弘羊曾建議，輪臺東有溉田五千頃以上，可遣屯田卒并募民開墾，武帝不予采納。趙充國于宣帝神爵元年（公元前61年），以七十餘歲高齡，自薦擊西羌，至青海上屯田奏，建議在臨羌（今西寧市）至浩亹（今樂都縣東）開屯田二千頃以上，獲準，得大利益。

嘉峪關

遠眺祁連雪未消
絲綢古道路迢迢
嘉峪關上一輪月
照過前朝照本朝

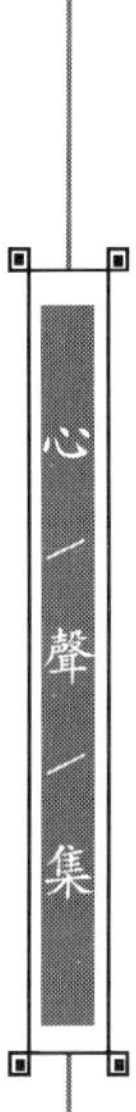

玉門關

磧砂炎日漫無垠
半壘殘存玉門關
休問春風來幾度
何處楊柳入眼簾

陽關

大道獨橋各自行
誰人把酒唱渭城
惺惺若是不相惜
縱到陽關已無情

西河·敦煌莫高窟

瓜沙地
玉門陽關迢遞
張騫出使絡烏孫
絲綢路啓
行僧不憚鷲山遠

衣鉢蕭索天際
五胡雄
羌戎厲
大唐野老垂涕①
石窟造作歷千年
蔚然神蹟

① 唐朝穆宗長慶二年（公元822年），派大理卿劉元鼎赴吐蕃會盟，至龍支城，耋老千人拜且泣，問天子安否，言：「頃從軍没于此，今子孫未忍忘唐服，朝廷尚念之乎？兵何日來？」

洞藏經卷謹研琢

敦煌學說鵲起

吐蕃卷帙尚可議

竟何時

捉筆書記

道士千夫皆指

嘆今時

倒地斯文

古董市上喧嘩

渾無忌

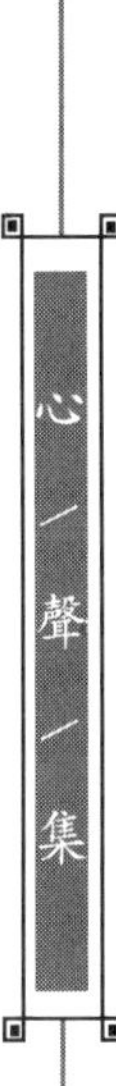

訪故

盛夏尋涼擬遠行
攜孫訪故到呼盟
風光總是家山好
一草一花俱有情

出京過燕山

天公地道俱酬勤
好雨時來百色新
若是九龍皆不治
皇天何處置生民

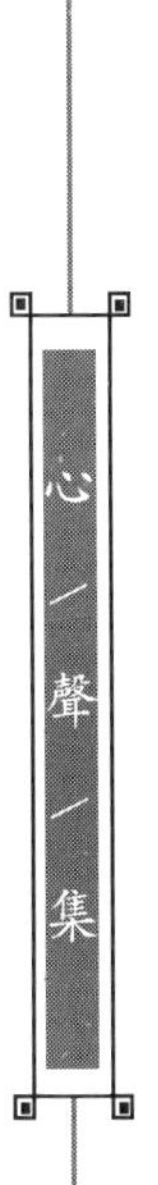

奪錦標·呼倫貝爾感懷

雲近天低

樟松凝緑

草色綿延千里

伊敏洋洋流水

四橋橫跨
清波漣漪
論民情士氣
敢迎風
揚帆張羽
待明朝
大略宏圖

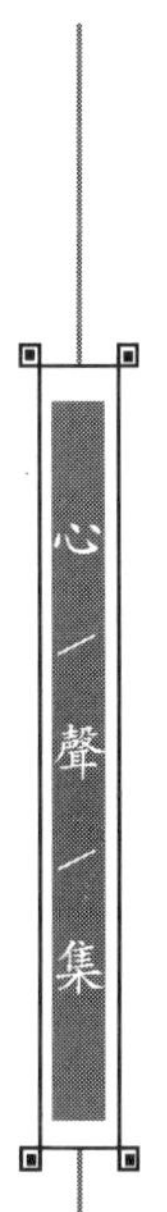

百尺竿頭鰲立
四十八年彈指
往事回眸
無非尋常風雨
不信神徒佛子
附勢趨炎
便游天際

待明朝解甲
會同伴
評茶進酒
對紅爐
無束無拘
不問明朝晴否

大興安嶺林區游

林濤似海逐山去
泉水成溪自蜿蜒
落日黃花迷醉眼
誰人到此不留連

莫爾道嘎紀行

（一）

激流水冷白雲閑
碧色連天入眼簾
野卉不與盆花比
千姿萬態總嫣然

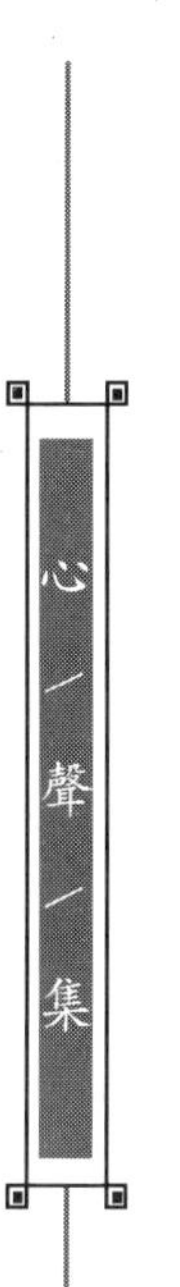

（二）

一川碧水泛清涼
浩淼西出向大江
古蹟斑駁黄火地①
堆石似是舊封疆

① 黄火地位于内蒙古大興安嶺莫爾道嘎附近，面向激流河，有諸多石墻、石堆，列爲蒙古族探源工程考古地域。

額爾古納行

（一）

青松傲立白樺稠
緑草輕風健馬牛
百花繽紛爭入眼
開心最是故鄉游

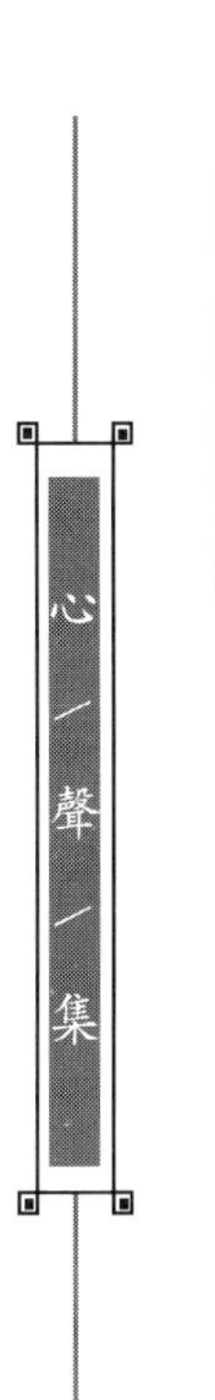

（二）

山青水緑白樺驕
日落根河晚霞燒
果腹牛羊歸蹄緩
微醺遠客酒聲高

延邊朝鮮族自治州成立六十周年慶典①

（一）

喜遍白山萬色鮮
延邊甲子紀華年
海蘭河畔民風古
舞態聲腔一脉傳

① 2012年9月2日至4日，出席延邊朝鮮族自治州成立60周年慶典組詩。

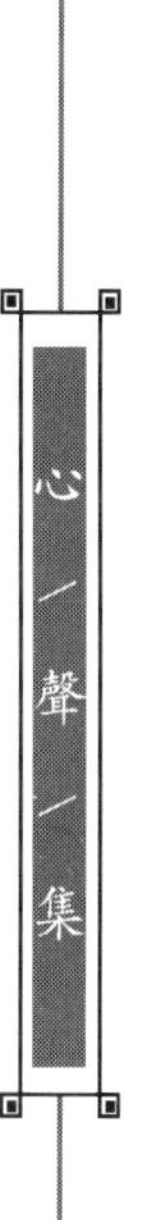

（二）

延吉街巷簇花團
慶典迎來滿城歡
場面堂皇超凡響
兵民六萬作演員①

①慶典熱烈盛大，現場參與演出之兵民六萬餘人。

參觀圖們江一目三國處

（二）

圖們江尾眺海空
一目三國入望中①
饒是清朝燈欲滅
折衝尚有吳大澂②

① 圖們江臨海口十餘里，爲中俄朝三國接境處，一眼望去即是三國國土。
② 清末吳大澂與俄國談判，爭得一片土地。

（二）

琿春哨所晚臨風
守望官兵氣正雄
指點江山言往事
日蘇惡戰張鼓峰①

① 哨所與俄方一網之隔，該地即是蘇日張鼓峰戰地。

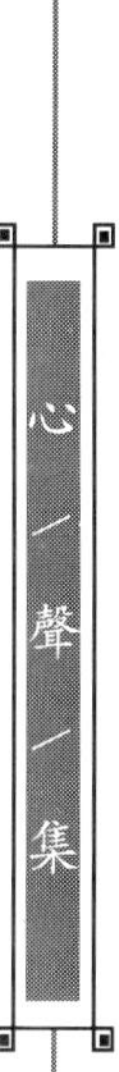

延邊秋歌

秋風吹動滿城花
人道延邊宜居家①
風光盡在情人眼
芳鄰咫尺亦天涯

①延邊山川秀美，氣候宜人，所轄琿春尤佳，人稱最宜居之地。

赴長白山天池

高山棲止近蒼穹
上下風光大不同
山路車銜緩如蟻
游人熙攘密似蜂
湖方仙女常遮面

十日煙雨半日晴
不到天池終遺憾①
臨池尚須一綫明

① 1983年8月，鄧小平79歲高齡莅臨長白山天池，對人言：「不上長白山，終生遺憾。」

回興安盟

（二）

少小離鄉土
東西萬里行
童年煙共雨
歷歷眼前明

故里山河在
鄉親父老情
新村須快建
皓首望昇平

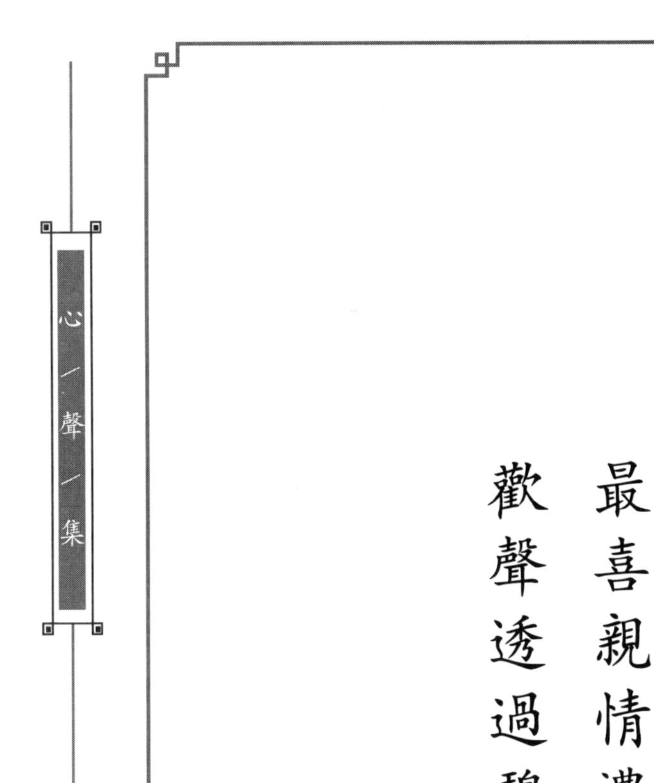

(二)

服膺國事早離鄉
故園已非舊時裝
最喜親情濃似酒
歡聲透過碧紗窗

（三）

駐脚興安憶舊年
街坊改盡老容顔
青山得雨新枝緑
百姓開心好夢圓
廣厦高橋連甲第
彩裙街景競鮮妍

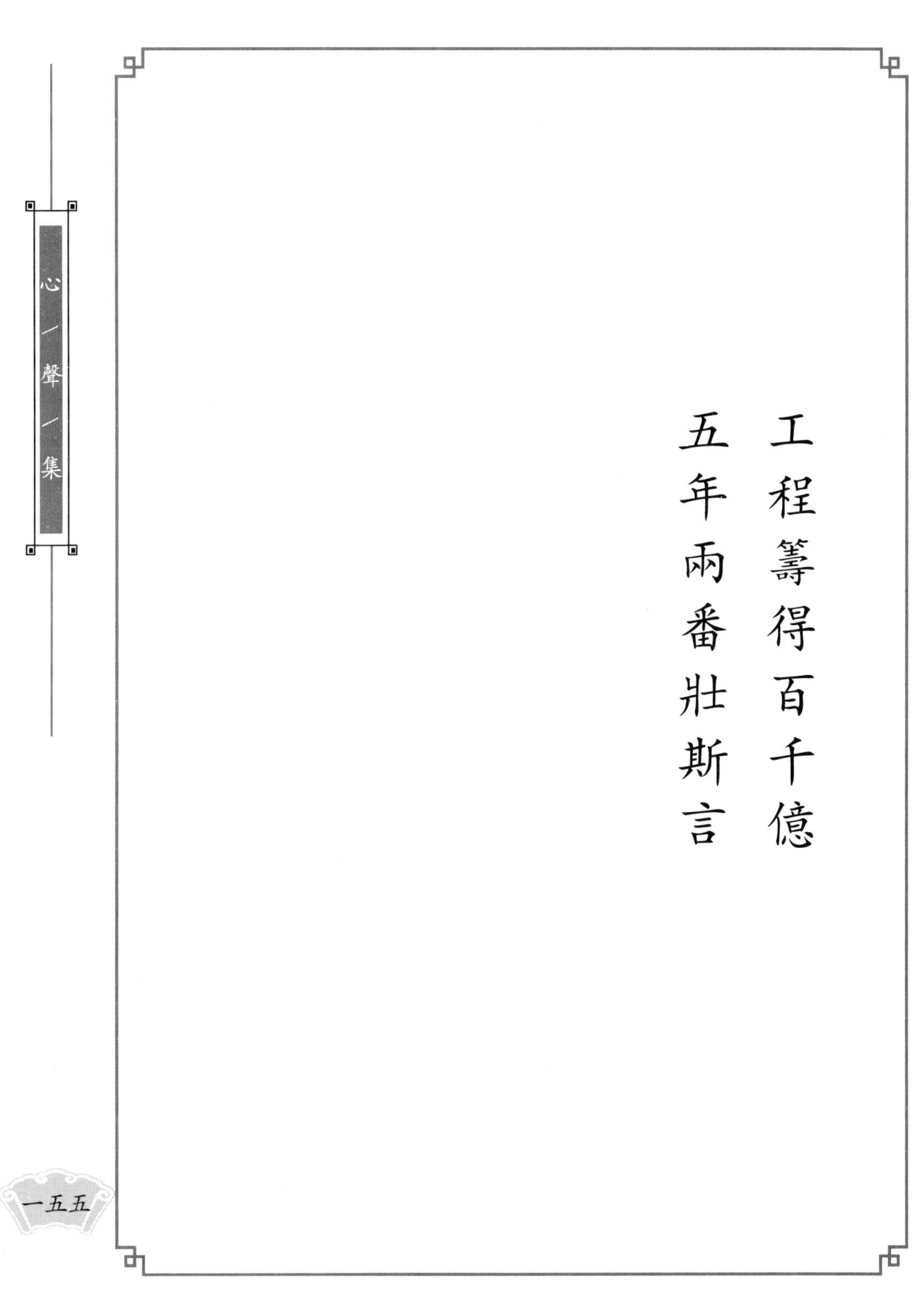

工程籌得百千億
五年兩番壯斯言

五岔溝拜謁父母墓

興安嶺上暮雲低
父母墳前草没膝
奈何官身少暇日
此情焉得九泉知

訪阿爾山

美色無倫阿爾山
青松蒼翠水流湍
雜花百色聚蜂蝶
天池鳧過水斑斑

自阿爾山至烏蘭浩特

驅馳盡日目不暇
水急樹茂壯禾稼
淺谷深山一色緑
磚墻紅頂樂農家

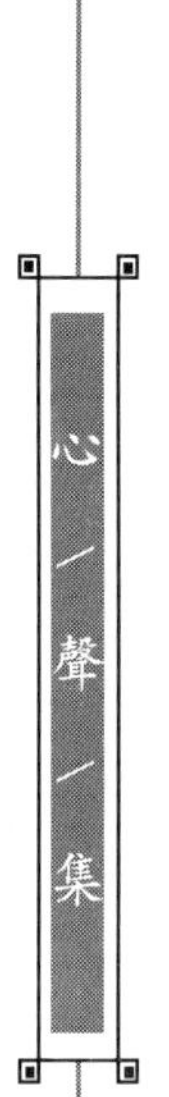

家鄉

久聞家鄉未脱窮
貢獻未及難爲情
好風尚得憑借力
但願小康早日成

回馬安屯

老幼村頭冒驕陽
遙遙可見着新裝
童年記憶如滴水
點點星星入離腸

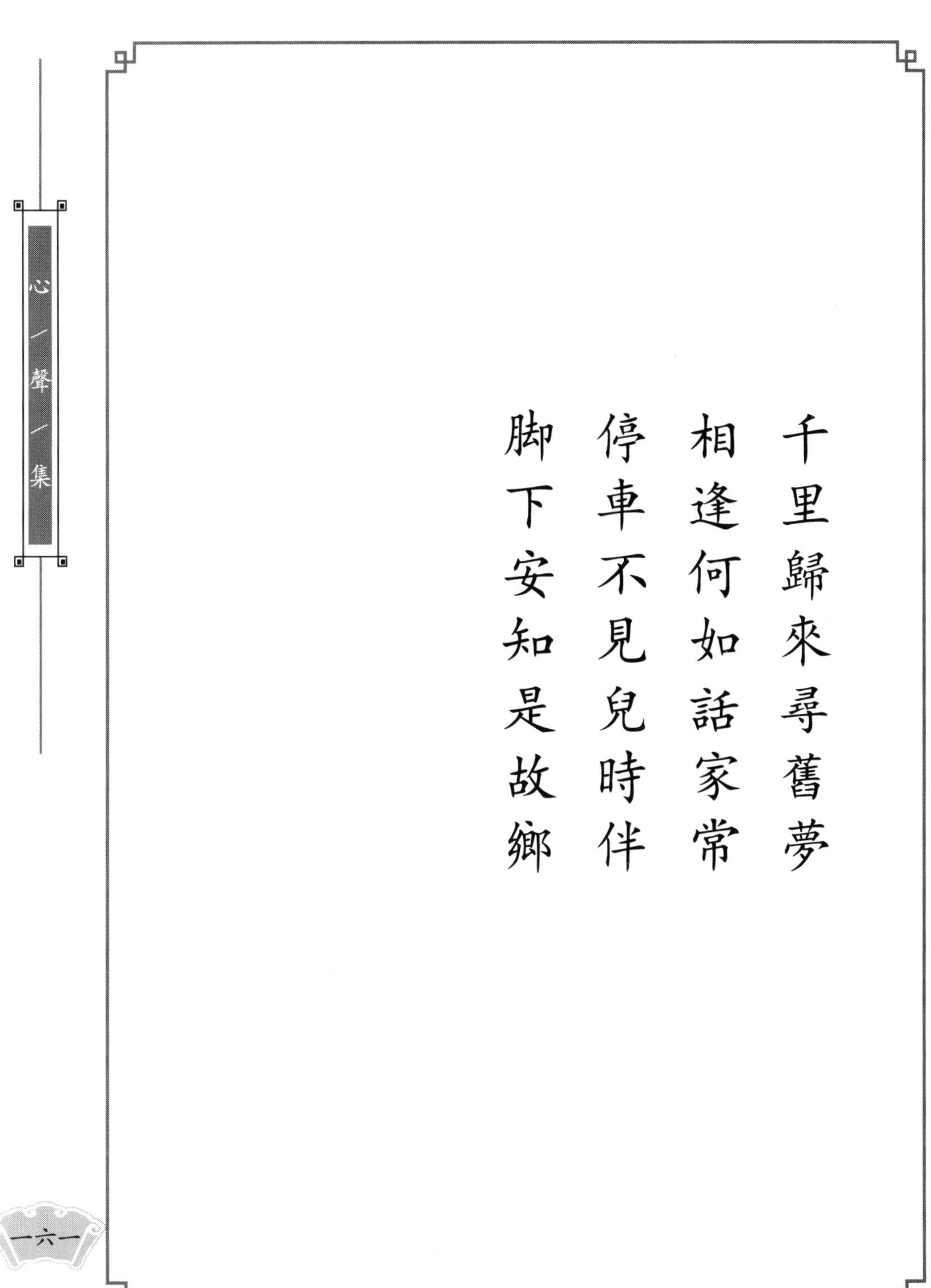

千里歸來尋舊夢
相逢何如話家常
停車不見兒時伴
脚下安知是故鄉

青玉案·回鄉雜感（一）

青山一似當年緑
挽不住
韶光去
可奈流年無倒轉

念茲父母
天人殊途
遺憾憑誰訴

故鄉明月當門户
新調無干斷腸句
若問今日心繫處

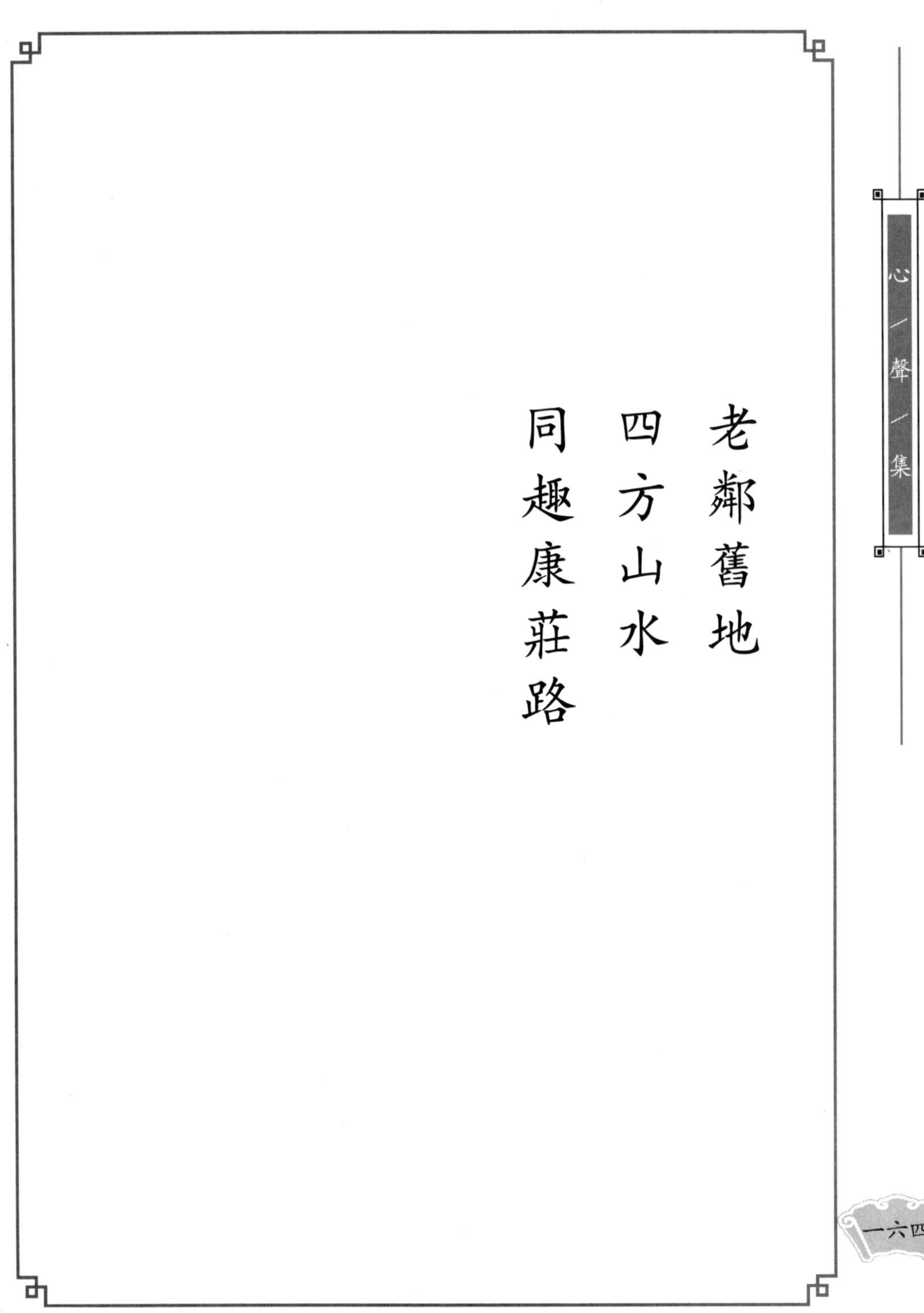

老鄰舊地
四方山水
同趣康莊路

洞仙歌·回鄉雜感（二）

高天碧澈
麥青黃花老
林密風涼夏時好
水波分
鷺起鷗鷺迴翔
興安嶺

中外游人傾倒
光陰隨去日
過眼煙雲
猶似雪泥踏鴻爪
俯仰對幽明
借問三公

坐而論
道心在否①
向月下
舉杯對知音
無須論
餘年幾度春曉

①《尚書·周官》「立太師、太傅、太保，兹惟三公，論道竟邦，燮理陰陽。」《周禮·冬官考工記》曰「坐而論道，謂之三公（或爲王公）；作而行之，謂之士大夫。」

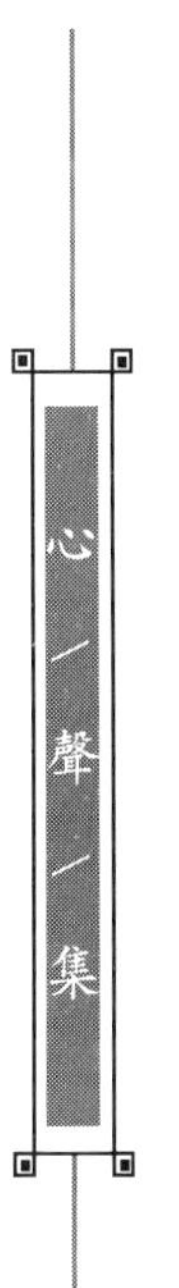

家國雜談

農家遮雨自編蓑
拾柴點火來蟲蛾
禾苗擇日應時插
刀鏇閑暇仔細磨
國事亦如農家事

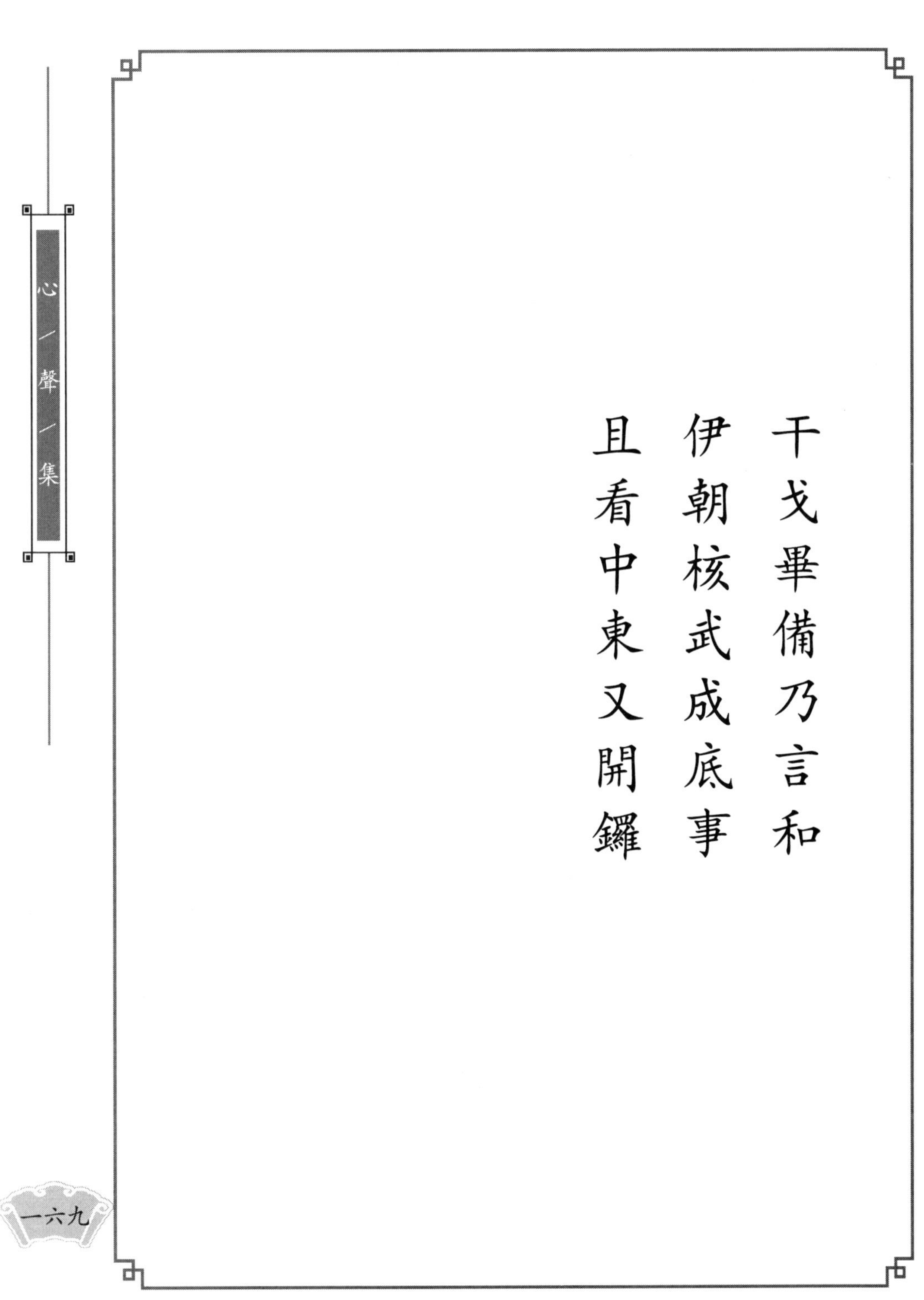

干戈畢備乃言和
伊朝核武成底事
且看中東又開鑼

塞上中秋①

塞上中秋節
長城旦暮寒
游人如水泄
宿鳥入重巒

① 壬辰歲中秋節在9月30日，與國慶節相連休假八天，十八大召開在即，游人如潮。

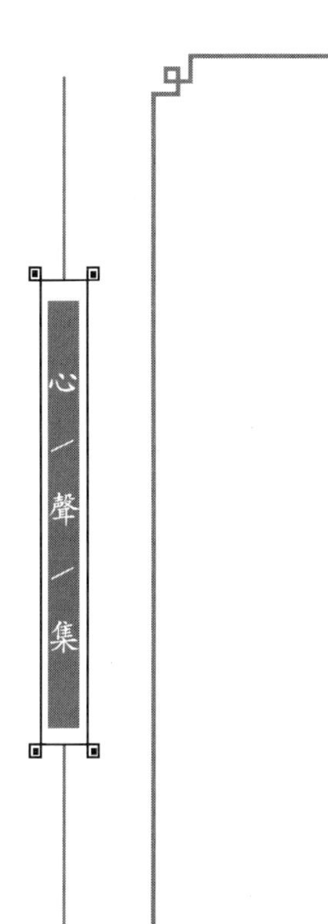

旆影飛翻處
花凋點將壇
居庸關上月
不忍照勾欄

滴溜山長城望遠①

凡庸治國小魚烹②
土木荒川亂調兵③
祁鎮奄奄空待斃
瓦剌獵獵困京城

① 位于密雲縣石城鎮雲蒙山深處，中國社會科學院密雲緑化基地栗林山莊後山。
② 治大國如烹小鮮，當要而不煩，煩則亂。
③ 土木堡之變，明朝英宗皇帝朱祁鎮被瓦剌俘虜。

孤忠賴有于忠肅①

幸免靖康城下盟

禍起南宮天抱恨

千刀罰罪剮石亨②

① 于謙死後追謚忠肅。

② 石亨時爲執政大臣，南宮奪門迎英宗復辟主謀、殺害于謙等抗敵功臣之元凶，後以謀反罪被殺。

過八達嶺

（二）

驅馳八達嶺
滿眼入深秋
塞上涼風勁
吹亂髮半頭
停車訪涿鹿

史記似重修
學者發新語
黃帝和蚩尤①

① 和字讀四聲。學者現場介紹，黃帝炎帝與蚩尤結盟，同爲華夏始祖。

（二）

八達嶺上暮雲高
眼望長城未自豪
守國在德不在險
可憐由檢殉明朝①

① 明末帝朱由檢，年號崇禎。

過居庸關

雄關據險扼要衝
萬里經邊廣築城
瓦剌闖王呼嘯過
降幡零落罷官兵

皇明兩代征漠北
滿洲一戰奪北京
歷史循環比比是
江山幾見惡潮平

泥河灣小長梁考古遺址

盛名遠播泥河灣
中外科考印史前
象骨沉湮出厚土
水枯海底變桑田

山梁坡陡足行緩
沃野眼開樂得閑
若獲先人一寸骨
族群早誕百萬年①

①小長梁考古發現一百七十五萬年前動物化石。學者認爲，若能發現一片人骨，東方人類史將前提一百多萬年。

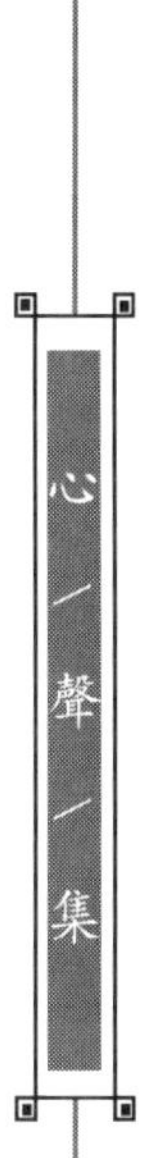

回首

桑榆回首溯根苗
點檢平生色未凋
渺小輕如白露水
隨雲作雨入海潮

學宗師祖理一貫
道法自然路千條
留得丹心方寸地
求田問舍亦逍遙